16	3	2	13
5	10	11	8
9	6	7	12
4	15	14	1

Sófocles

ÁJAX

Edição bilíngue
Tradução, posfácio e notas de **Trajano Vieira**
Ensaio de **Bernard Knox**

editora■34

EDITORA 34

Editora 34 Ltda.
Rua Hungria, 592 Jardim Europa CEP 01455-000
São Paulo - SP Brasil Tel/Fax (11) 3811-6777 www.editora34.com.br

Copyright © Editora 34 Ltda., 2022
Tradução, posfácio e notas © Trajano Vieira, 2022
Bernard Knox, "The *Ajax* of Sophocles",
Harvard Studies in Classical Philology, 65, 1961, pp. 1-37
© Department of the Classics of Harvard University

A FOTOCÓPIA DE QUALQUER FOLHA DESTE LIVRO É ILEGAL E CONFIGURA UMA
APROPRIAÇÃO INDEVIDA DOS DIREITOS INTELECTUAIS E PATRIMONIAIS DO AUTOR.

Título original:
Αἴας

Capa, projeto gráfico e editoração eletrônica:
Franciosi & Malta Produção Gráfica

Revisão:
Camila de Moura
Cide Piquet

1ª Edição - 2022

CIP - Brasil. Catalogação-na-Fonte
(Sindicato Nacional dos Editores de Livros, RJ, Brasil)

Sófocles, 496-406 a.C.
S664a   Ájax / Sófocles; edição bilíngue;
tradução, posfácio e notas de Trajano Vieira;
ensaio de Bernard Knox — São Paulo:
Editora 34, 2022 (1ª Edição).
232 p.

ISBN 978-65-5525-129-6

Texto bilíngue, português e grego

1. Teatro grego (Tragédia). I. Vieira,
Trajano. II. Knox, Bernard (1914-2010).
III. Título.

CDD - 882

ÁJAX

Argumento	9
Τὰ τοῦ δράματος πρόσωπα	10
Personagens	11
Αἴας	12
Ájax	13
Posfácio do tradutor	149
Métrica e critérios de tradução	163
Sobre o autor	165
Sugestões bibliográficas	167
Excertos da crítica	169
"O *Ájax* de Sófocles", *Bernard Knox*	177
Sobre o tradutor	231

"Se isso [os versos 646-92 de *Ájax*] fosse tudo o que tivesse sobrado de Sófocles, ainda assim teríamos de reconhecê-lo como um dos maiores poetas do mundo."

Bernard Knox

Argumento

No último ano da Guerra de Troia, após a morte de Aquiles, as armas deste são disputadas por Ájax e Odisseu. Natural de Salamina, Ájax era considerado o mais valoroso guerreiro grego depois de Aquiles, e foi um dos principais responsáveis por deter o exército troiano na sua ausência, portando um enorme escudo e atirando pedras ao inimigo. Mesmo sendo esperado que Ájax fosse o legítimo herdeiro das armas de Aquiles, Menelau e Agamêmnon, após uma votação, decidem entregá-las a Odisseu, causando a revolta do herói. Ájax decide então matar os três, mas, alucinado pela deusa Atena, acaba massacrando o rebanho dos gregos em seu lugar. A peça se inicia junto à tenda de Ájax, no acampamento grego, no dia seguinte a esses acontecimentos.

Τὰ τοῦ δράματος πρόσωπα

ΑΘΗΝΑ
ΟΔΥΣΣΕΥΣ
ΑΙΑΣ
ΧΟΡΟΣ
ΤΕΚΜΗΣΣΑ
ΑΓΓΕΛΟΣ
ΤΕΥΚΡΟΣ
ΜΕΝΕΛΑΟΣ
ΑΓΑΜΕΜΝΩΝ
ΕΥΡΥΣΑΚΕΣ

Personagens

ATENA

ODISSEU, rei de Ítaca

ÁJAX, filho de Telamôn, rei de Salamina, e Peribeia

CORO dos marinheiros de Salamina

TECMESSA, mulher de Ájax, capturada como escrava pelos aqueus

MENSAGEIRO

TEUCRO, meio-irmão de Ájax, filho de Telamôn e Hesíone

MENELAU, rei de Esparta e irmão de Agamêmnon

AGAMÊMNON, rei de Micenas e chefe dos exércitos gregos

EURÍSAQUES, filho de Ájax e Tecmessa

Αἴας*

ΑΘΗΝΑ
ἀεὶ μέν, ὦ παῖ Λαρτίου, δέδορκά σε
πεῖράν τιν' ἐχθρῶν ἁρπάσαι θηρώμενον·
καὶ νῦν ἐπὶ σκηναῖς σε ναυτικαῖς ὁρῶ
Αἴαντος, ἔνθα τάξιν ἐσχάτην ἔχει,
πάλαι κυνηγετοῦντα καὶ μετρούμενον   5
ἴχνη τὰ κείνου νεοχάραχθ', ὅπως ἴδῃς
εἴτ' ἔνδον εἴτ' οὐκ ἔνδον. εὖ δέ σ' ἐκφέρει
κυνὸς Λακαίνης ὥς τις εὔρινος βάσις.
ἔνδον γὰρ ἁνὴρ ἄρτι τυγχάνει, κάρα
στάζων ἱδρῶτι καὶ χέρας ξιφοκτόνους.   10
καί σ' οὐδὲν εἴσω τῆσδε παπταίνειν πύλης
ἔτ' ἔργον ἐστίν, ἐννέπειν δ' ὅτου χάριν
σπουδὴν ἔθου τήνδ', ὡς παρ' εἰδυίας μάθῃς.

ΟΔΥΣΣΕΥΣ
ὦ φθέγμ' Ἀθάνας, φιλτάτης ἐμοὶ θεῶν,
ὡς εὐμαθές σου, κἂν ἄποπτος ᾖς ὅμως,   15

---

* Texto grego estabelecido a partir de *Sophocles: Ajax, Electra, Trachiniae, Philoctetes*, com tradução para o inglês de Francis Storr, Londres/Nova York, William Heinemann/The Macmillan Company, 1913 (Loeb Classical Library).

Ájax

*[Junto à Troia destruída, diante do acampamento grego,
Atena e Odisseu]*

ATENA
Registro há muito, herói, a tua sina:
armar planos de caça ao inimigo.
Ainda agora paras junto à última
tenda, de Ájax, o mar como divisa.
Farejas, medes sua pegada fresca, 5
querendo ter certeza se ele está
dentro ou fora. Teu refinado olfato
de cão pastor te leva à trilha certa:
o herói se recolheu há pouco. O suor
encharca o rosto e a mão cruel na espada. 10
Não deves pôr o olho porta adentro,
mas revelar a causa desta empresa;
assim aprendes de quem tem ciência.

ODISSEU
Voz de Atena, suprema entre os deuses,
timbre nítido, ainda que invisível, 15

φώνημ' ἀκούω καὶ ξυναρπάζω φρενὶ
χαλκοστόμου κώδωνος ὡς Τυρσηνικῆς.
καὶ νῦν ἐπέγνως εὖ μ' ἐπ' ἀνδρὶ δυσμενεῖ
βάσιν κυκλοῦντ', Αἴαντι τῷ σακεσφόρῳ·
κεῖνον γάρ, οὐδέν' ἄλλον, ἰχνεύω πάλαι. 20
νυκτὸς γὰρ ἡμᾶς τῆσδε πρᾶγος ἄσκοπον
ἔχει περάνας, εἴπερ εἴργασται τάδε·
ἴσμεν γὰρ οὐδὲν τρανές, ἀλλ' ἀλώμεθα·
κἀγὼ 'θελοντὴς τῷδ' ὑπεζύγην πόνῳ.
ἐφθαρμένας γὰρ ἀρτίως εὑρίσκομεν 25
λείας ἁπάσας καὶ κατηναρισμένας
ἐκ χειρὸς αὐτοῖς ποιμνίων ἐπιστάταις.
τήνδ' οὖν ἐκείνῳ πᾶς τις αἰτίαν νέμει.
καί μοί τις ὀπτὴρ αὐτὸν εἰσιδὼν μόνον
πηδῶντα πεδία σὺν νεορράντῳ ξίφει 30
φράζει τε κἀδήλωσεν· εὐθέως δ' ἐγὼ
κατ' ἴχνος ᾄσσω, καὶ τὰ μὲν σημαίνομαι,
τὰ δ' ἐκπέπληγμαι κοὐκ ἔχω μαθεῖν ὅτου.
καιρὸν δ' ἐφήκεις· πάντα γὰρ τά τ' οὖν πάρος
τά τ' εἰσέπειτα σῇ κυβερνῶμαι χερί. 35

ΑΘΗΝΑ
ἔγνων, Ὀδυσσεῦ, καὶ πάλαι φύλαξ ἔβην
τῇ σῇ πρόθυμος εἰς ὁδὸν κυναγίᾳ.

ΟΔΥΣΣΕΥΣ
ἦ καί, φίλη δέσποινα, πρὸς καιρὸν πονῶ;

sais do bocal de bronze de uma trompa
etrusca, assim gravada no meu íntimo?
Inútil te esconder: meus passos cercam
um desafeto, Ájax, porta-escudo.¹
Só dele, mais ninguém, eu sigo os rastros. 20
À noite realizou o inconcebível,
se é que realizou de fato isso;
tateamos tudo sem ter nada certo.
A mim mesmo me impus a descoberta.
Nosso espólio, formado por rebanhos, 25
foi encontrado há pouco trucidado.
A mesma mão caiu sobre os pastores.
A culpa, dizem, foi apenas dele.
A testemunha afirma tê-lo visto
saltando o campo a sós. Nas mãos, a espada 30
com sangue fresco. Saio logo ao seu
encalço. Reconheço algumas marcas;
outras, confusas, cobrem seu autor.
Tua presença é propícia. Como no
passado, guia agora o meu futuro. 35

ATENA
Já sabia, Odisseu. Há muito tempo
vigio a tua presa pela estrada.

ODISSEU
Senhora, o meu esforço frutifica?

---

¹ Sobre o monumental escudo de Ájax em forma de torre, ver *Ilíada*, VII, 219.

ΑΘΗΝΑ
ὡς ἔστιν ἀνδρὸς τοῦδε τἄργα ταῦτά σοι.

ΟΔΥΣΣΕΥΣ
καὶ πρὸς τί δυσλόγιστον ὧδ' ἦξεν χέρα; 40

ΑΘΗΝΑ
χόλῳ βαρυνθεὶς τῶν Ἀχιλλείων ὅπλων.

ΟΔΥΣΣΕΥΣ
τί δῆτα ποίμναις τήνδ' ἐπεμπίπτει βάσιν;

ΑΘΗΝΑ
δοκῶν ἐν ὑμῖν χεῖρα χραίνεσθαι φόνῳ.

ΟΔΥΣΣΕΥΣ
ἦ καὶ τὸ βούλευμ' ὡς ἐπ' Ἀργείοις τόδ' ἦν;

ΑΘΗΝΑ
κἂν ἐξεπράξατ', εἰ κατημέλησ' ἐγώ. 45

ΟΔΥΣΣΕΥΣ
ποίαισι τόλμαις ταῖσδε καὶ φρενῶν θράσει;

ΑΘΗΝΑ
νύκτωρ ἐφ' ὑμᾶς δόλιος ὁρμᾶται μόνος.

ΟΔΥΣΣΕΥΣ
ἦ καὶ παρέστη κἀπὶ τέρμ' ἀφίκετο;

ATENA
Sim. Esse homem é o autor da obra.

ODISSEU
Por que agiu assim a mão insana? 40

ATENA
Pelas armas de Aquiles enlouquece.

ODISSEU
Por que lançou-se então sobre o rebanho?

ATENA
Pensou manchar a mão em vosso sangue.

ODISSEU
Planejava atacar a tropa argiva?

ATENA
E com sucesso, se eu me descuidasse. 45

ODISSEU
Como ele traduzia sua fúria?

ATENA
Avançava de viés na noite quieta.

ODISSEU
Esteve perto de atingir a meta?

ΑΘΗΝΑ
καὶ δὴ 'πὶ δισσαῖς ἦν στρατηγίσιν πύλαις.

ΟΔΥΣΣΕΥΣ
καὶ πῶς ἐπέσχε χεῖρα μαιμῶσαν φόνου; 50

ΑΘΗΝΑ
ἐγώ σφ᾽ ἀπείργω, δυσφόρους ἐπ᾽ ὄμμασι
γνώμας βαλοῦσα τῆς ἀνηκέστου χαρᾶς,
καὶ πρός τε ποίμνας ἐκτρέπω σύμμικτά τε
λείας ἄδαστα βουκόλων φρουρήματα·
ἔνθ᾽ εἰσπεσὼν ἔκειρε πολύκερων φόνον 55
κύκλῳ ῥαχίζων· κἀδόκει μὲν ἔσθ᾽ ὅτε
δισσοὺς Ἀτρείδας αὐτόχειρ κτείνειν ἔχων,
ὅτ᾽ ἄλλοτ᾽ ἄλλον ἐμπίτνων στρατηλατῶν.
ἐγὼ δὲ φοιτῶντ᾽ ἄνδρα μανιάσιν νόσοις
ὤτρυνον, εἰσέβαλλον εἰς ἕρκη κακά. 60
κᾆπειτ᾽ ἐπειδὴ τοῦδ᾽ ἐλώφησεν πόνου,
τοὺς ζῶντας αὖ δεσμοῖσι συνδήσας βοῶν
ποίμνας τε πάσας εἰς δόμους κομίζεται,
ὡς ἄνδρας, οὐχ ὡς εὔκερων ἄγραν ἔχων,
καὶ νῦν κατ᾽ οἴκους συνδέτους αἰκίζεται. 65
δείξω δὲ καὶ σοὶ τήνδε περιφανῆ νόσον,
ὡς πᾶσιν Ἀργείοισιν εἰσιδὼν θροῇς.
θαρσῶν δὲ μίμνε μηδὲ συμφορὰν δέχου
τὸν ἄνδρ᾽· ἐγὼ γὰρ ὀμμάτων ἀποστρόφους
αὐγὰς ἀπείρξω σὴν πρόσοψιν εἰσιδεῖν. 70
οὗτος, σὲ τὸν τὰς αἰχμαλωτίδας χέρας

ATENA
Rondava as duas tendas principais.²

ODISSEU
Mas como foi retida a mão faminta? 50

ATENA
Eu o afastei, lançando em sua vista
maciças crenças da alegria lúgubre;
levei-o aos animais, confuso espólio
ainda sem dono, dóceis aos pastores.
Caindo sobre os cornos numerosos, 55
a morte irrompe da torsão do dorso.
Pensava às vezes ter em mãos dois ex-
Atridas ou golpear um outro líder.
E eu acendia o seu delírio mórbido
e na trama funesta o arremessava. 60
Depois de concluir sua matança,
as ovelhas e os bois sobreviventes
amarrou, transferindo-os para a tenda:
presas de belos chifres eram homens.
Tortura agora o grupo aprisionado. 65
Mostrarei esse louco manifesto,
para que contes tudo aos argivos.
Firme, não aparentes acolher
um monstro. Em outra direção, seus olhos
não poderão focar tua figura. 70
Tu que amarraste as mãos dos prisioneiros

---

² Alusão às tendas dos reis Atridas, Agamêmnon e Menelau.

δεσμοῖς ἀπευθύνοντα προσμολεῖν καλῶ·
Αἴαντα φωνῶ· στεῖχε δωμάτων πάρος.

ΟΔΥΣΣΕΥΣ
τί δρᾷς, Ἀθάνα; μηδαμῶς σφ' ἔξω κάλει.

ΑΘΗΝΑ
οὐ σῖγ' ἀνέξει μηδὲ δειλίαν ἀρεῖ; 75

ΟΔΥΣΣΕΥΣ
μὴ πρὸς θεῶν, ἀλλ' ἔνδον ἀρκείτω μένων.

ΑΘΗΝΑ
τί μὴ γένηται; πρόσθεν οὐκ ἀνὴρ ὅδ' ἦν;

ΟΔΥΣΣΕΥΣ
ἐχθρός γε τῷδε τἀνδρὶ καὶ τανῦν ἔτι.

ΑΘΗΝΑ
οὔκουν γέλως ἥδιστος εἰς ἐχθροὺς γελᾶν;

ΟΔΥΣΣΕΥΣ
ἐμοὶ μὲν ἀρκεῖ τοῦτον ἐν δόμοις μένειν. 80

ΑΘΗΝΑ
μεμηνότ' ἄνδρα περιφανῶς ὀκνεῖς ἰδεῖν;

ΟΔΥΣΣΕΥΣ
φρονοῦντα γάρ νιν οὐκ ἂν ἐξέστην ὄκνῳ.

ΑΘΗΝΑ
ἀλλ' οὐδὲ νῦν σε μὴ παρόντ' ἴδῃ πέλας.

atrás das costas, vem até aqui!
Estou chamando Ájax. Sai da tenda!

ODISSEU
Para, Atena, não mandes que ele venha.

ATENA
Não ficas quieto, sem mostrar temor? 75

ODISSEU
É suficiente que ele fique dentro.

ATENA
Não era um homem antes da loucura?

ODISSEU
E como agora inimigo meu.

ATENA
O que supera o riso ao adversário?

ODISSEU
É suficiente que ele fique em casa. 80

ATENA
Te apavora o contato com demente?

ODISSEU
Não teria pavor se fosse lúcido.

ATENA
Não te verá, nem mesmo se a teu lado.

ΟΔΥΣΣΕΥΣ
πῶς, εἴπερ ὀφθαλμοῖς γε τοῖς αὐτοῖς ὁρᾷ;

ΑΘΗΝΑ
ἐγὼ σκοτώσω βλέφαρα καὶ δεδορκότα. 85

ΟΔΥΣΣΕΥΣ
γένοιτο μεντἂν πᾶν θεοῦ τεχνωμένου.

ΑΘΗΝΑ
σίγα νυν ἑστὼς καὶ μέν' ὡς κυρεῖς ἔχων.

ΟΔΥΣΣΕΥΣ
μένοιμ' ἄν· ἤθελον δ' ἂν ἐκτὸς ὢν τυχεῖν.

ΑΘΗΝΑ
ὦ οὗτος, Αἴας, δεύτερόν σε προσκαλῶ.
τί βαιὸν οὕτως ἐντρέπει τῆς συμμάχου; 90

ΑΙΑΣ
ὦ χαῖρ' Ἀθάνα, χαῖρε Διογενὲς τέκνον,
ὡς εὖ παρέστης· καί σε παγχρύσοις ἐγὼ
στέψω λαφύροις τῆσδε τῆς ἄγρας χάριν.

ΑΘΗΝΑ
καλῶς ἔλεξας· ἀλλ' ἐκεῖνό μοι φράσον,
ἔβαψας ἔγχος εὖ πρὸς Ἀργείων στρατῷ; 95

ΑΙΑΣ
κόμπος πάρεστι κοὐκ ἀπαρνοῦμαι τὸ μή.

ODISSEU
Mas como, se os seus olhos testemunham?

ATENA
Quando mirar, negrejo a sua vista. 85

ODISSEU
Ocorre tudo quando um deus maquina.

ATENA
Permanece onde estás, sem dar um pio.

ODISSEU
Eu permaneço, mesmo a contragosto.

ATENA
Ájax, pela segunda vez te chamo.
Por que menosprezar uma aliada? 90

[Com a espada ensanguentada, Ájax sai de sua tenda]

ÁJAX
Salve, filha de Zeus, Atena, como
sou grato! Espólios-todo-ouro te
coroem pela sorte na caçada.

ATENA
Fala sábia. Contudo me esclarece:
tua espada bebeu o sangue argivo? 95

ÁJAX
Não nego o fato, sem falsa modéstia.

ΑΘΗΝΑ
ἦ καὶ πρὸς Ἀτρείδαισιν ᾔχμασας χέρα;

ΑΙΑΣ
ὥστ' οὔποτ' Αἴανθ' οἵδ' ἀτιμάσουσ' ἔτι.

ΑΘΗΝΑ
τεθνᾶσιν ἄνδρες, ὡς τὸ σὸν ξυνῆκ' ἐγώ.

ΑΙΑΣ
θανόντες ἤδη τἄμ' ἀφαιρείσθων ὅπλα.   100

ΑΘΗΝΑ
εἶεν, τί γὰρ δὴ παῖς ὁ τοῦ Λαερτίου,
ποῦ σοι τύχης ἕστηκεν; ἢ πέφευγέ σε;

ΑΙΑΣ
ἦ τοὐπίτριπτον κίναδος ἐξήρου μ' ὅπου;

ΑΘΗΝΑ
ἔγωγ'· Ὀδυσσέα τὸν σὸν ἐνστάτην λέγω.

ΑΙΑΣ
ἥδιστος, ὦ δέσποινα, δεσμώτης ἔσω   105
θακεῖ· θανεῖν γὰρ αὐτὸν οὔ τί πω θέλω.

ΑΘΗΝΑ
πρὶν ἂν τί δράσῃς ἢ τί κερδάνῃς πλέον;

ΑΙΑΣ
πρὶν ἂν δεθεὶς πρὸς κίον' ἑρκείου στέγης.

ATENA

O teu braço brandiu contra os Atridas?

ÁJAX

Levando ao fim a infâmia contra Ájax.

ATENA

Homens mortos, deduzo do discurso.

ÁJAX

Venham levar meu armamento mortos.   100

ATENA

E o que dizer do filho de Laerte?
Qual foi a sua sorte? Escapuliu?

ÁJAX

Perguntas onde está a raposa arisca?

ATENA

Odisseu, teu pior antagonista.

ÁJAX

Está em casa a presa que me apraz   105
ao máximo. Retardo sua morte.

ATENA

Cogitas algo mais, talvez tortura?

ÁJAX

Cogito vê-lo preso à minha tenda...

ΑΘΗΝΑ
τί δῆτα τὸν δύστηνον ἐργάσει κακόν;

ΑΙΑΣ
μάστιγι πρῶτον νῶτα φοινιχθεὶς θάνῃ. 110

ΑΘΗΝΑ
μὴ δῆτα τὸν δύστηνον ὧδέ γ' αἰκίσῃ.

ΑΙΑΣ
χαίρειν, Ἀθάνα, τἄλλ' ἐγώ σ' ἐφίεμαι·
κεῖνος δὲ τίσει τήνδε κοὐκ ἄλλην δίκην.

ΑΘΗΝΑ
σὺ δ' οὖν, ἐπειδὴ τέρψις ἥδε σοι τὸ δρᾶν,
χρῶ χειρί, φείδου μηδὲν ὧνπερ ἐννοεῖς. 115

ΑΙΑΣ
χωρῶ πρὸς ἔργον· σοὶ δὲ τοῦτ' ἐφίεμαι,
τοιάνδ' ἀεί μοι σύμμαχον παρεστάναι.

ΑΘΗΝΑ
ὁρᾷς, Ὀδυσσεῦ, τὴν θεῶν ἰσχὺν ὅση;
τούτου τίς ἄν σοι τἀνδρὸς ἢ προνούστερος
ἢ δρᾶν ἀμείνων ηὑρέθη τὰ καίρια; 120

ATENA
Que punição recebe o desditoso?

ÁJAX
O vergão no costado o leva à morte.   110

ATENA
De ultraje assim, o desditoso poupa!

ÁJAX
Quero agradar em tudo ao teu desejo,
mas lhe reservo apenas essa pena.

ATENA
Se o teu prazer transborda nesse ato,
não reprimas o que arma tua mente.   115

ÁJAX
Começo a execução. Mas peço antes:
fica sempre a meu lado, minha aliada.

[Ájax entra na tenda]

ATENA
Vês quanto pode, Odisseu, um deus?
Conhecias herói mais ponderado?
Alguém teve mais tato nos seus atos?[3]   120

---

[3] Homero compara Ájax a um asno teimoso, indiferente às vergastadas que lhe aplicam as crianças, e ao violento caudal que arranca árvores dos vales, lançando-as ao mar (*Ilíada*, XI, 492, 558).

ΟΔΥΣΣΕΥΣ

ἐγὼ μὲν οὐδέν' οἶδ'· ἐποικτίρω δέ νιν
δύστηνον ἔμπας, καίπερ ὄντα δυσμενῆ,
ὁθούνεκ' ἄτῃ συγκατέζευκται κακῇ,
οὐδὲν τὸ τούτου μᾶλλον ἢ τοὐμὸν σκοπῶν·
ὁρῶ γὰρ ἡμᾶς οὐδὲν ὄντας ἄλλο πλὴν   125
εἴδωλ' ὅσοιπερ ζῶμεν ἢ κούφην σκιάν.

ΑΘΗΝΑ

τοιαῦτα τοίνυν εἰσορῶν ὑπέρκοπον
μηδέν ποτ' εἴπῃς αὐτὸς εἰς θεοὺς ἔπος,
μηδ' ὄγκον ἄρῃ μηδέν', εἴ τινος πλέον
ἢ χειρὶ βρίθεις ἢ μακροῦ πλούτου βάθει.   130
ὡς ἡμέρα κλίνει τε κἀνάγει πάλιν
ἅπαντα τἀνθρώπεια· τοὺς δὲ σώφρονας
θεοὶ φιλοῦσι καὶ στυγοῦσι τοὺς κακούς.

ΧΟΡΟΣ

Τελαμώνιε παῖ, τῆς ἀμφιρύτου
Σαλαμῖνος ἔχων βάθρον ἀγχιάλου,   135
σὲ μὲν εὖ πράσσοντ' ἐπιχαίρω·
σὲ δ' ὅταν πληγὴ Διὸς ἢ ζαμενὴς
λόγος ἐκ Δαναῶν κακόθρους ἐπιβῇ,
μέγαν ὄκνον ἔχω καὶ πεφόβημαι
πτηνῆς ὡς ὄμμα πελείας.   140
ὡς καὶ τῆς νῦν φθιμένης νυκτὸς
μεγάλοι θόρυβοι κατέχουσ' ἡμᾶς
ἐπὶ δυσκλείᾳ, σὲ τὸν ἱππομανῆ
λειμῶν' ἐπιβάντ' ὀλέσαι Δαναῶν
βοτὰ καὶ λείαν,   145
ἥπερ δορίληπτος ἔτ' ἦν λοιπή,

ODISSEU

Desconheço. Não entra aqui a discórdia;
o infeliz merece o meu lamento,
pois o sujeita o braço da catástrofe.
Não só o seu destino vem à tona.
Resumo nossa condição humana: 125
volúvel sombra, espectros tão somente.

ATENA

Em vista disso, não apontes nunca
o fio de uma palavra contra os deuses,
nem uses da soberba se alguém
for mais fraco no porte ou na riqueza. 130
Um dia basta para pôr abaixo
e erguer de novo todo feito humano.
Ódio ao vil, não ao sábio, o lema olímpico.

[Atena desaparece e Odisseu afasta-se]

CORO

Filho de Telamôn, senhor do trono
de Salamina, toda em ângulos marinhos, 135
tua boa estrela me jubila.
Quando o golpe de Zeus te atinge
ou o discurso hostil dos dânaos,
logo me doma um trauma enorme e tremo,
como a pupila de uma pomba aflita. 140
Rumores vêm da noite morta.
Segundo a fala opaca, foste
ao campo louco de corcéis,
para dar fim ao gado dânao,
prêmio indiviso do combate, 145
que o gládio cintilante anula.

κτείνοντ' αἴθωνι σιδήρῳ.
τοιούσδε λόγους ψιθύρους πλάσσων
εἰς ὦτα φέρει πᾶσιν Ὀδυσσεύς,
καὶ σφόδρα πείθει· περὶ γὰρ σοῦ νῦν 150
εὔπειστα λέγει, καὶ πᾶς ὁ κλύων
τοῦ λέξαντος χαίρει μᾶλλον
τοῖς σοῖς ἄχεσιν καθυβρίζων.
τῶν γὰρ μεγάλων ψυχῶν ἱεὶς
οὐκ ἂν ἁμάρτοις· κατὰ δ' ἄν τις ἐμοῦ 155
τοιαῦτα λέγων οὐκ ἂν πείθοι·
πρὸς γὰρ τὸν ἔχονθ' ὁ φθόνος ἕρπει.
καίτοι σμικροὶ μεγάλων χωρὶς
σφαλερὸν πύργου ῥῦμα πέλονται·
μετὰ γὰρ μεγάλων βαιὸς ἄριστ' ἂν 160
καὶ μέγας ὀρθοῖθ' ὑπὸ μικροτέρων.
ἀλλ' οὐ δυνατὸν τοὺς ἀνοήτους
τούτων γνώμας προδιδάσκειν.
ὑπὸ τοιούτων ἀνδρῶν θορυβεῖ
χἠμεῖς οὐδὲν σθένομεν πρὸς ταῦτ' 165
ἀπαλέξασθαι σοῦ χωρίς, ἄναξ.
ἀλλ' ὅτε γὰρ δὴ τὸ σὸν ὄμμ' ἀπέδραν,
παταγοῦσιν ἅπερ πτηνῶν ἀγέλαι·
μέγαν αἰγυπιὸν δ' ὑποδείσαντες
τάχ' ἂν ἐξαίφνης, εἰ σὺ φανείης, 170
σιγῇ πτήξειαν ἄφωνοι.

ἦ ῥά σε Ταυροπόλα Διὸς Ἄρτεμις—
ὦ μεγάλα φάτις, ὦ
μᾶτερ αἰσχύνας ἐμᾶς—
ὥρμασε πανδάμους ἐπὶ βοῦς ἀγελαίας, 175
ἦ πού τινος νίκας ἀκάρπωτον χάριν,
ἦ ῥα κλυτῶν ἐνάρων

Odisseu sussurrou no ouvido
histórias que sua astúcia cria.
Obtém sucesso irrefutável:
arma discursos convincentes.   150
Quem ouve não encobre o riso
maior que o dele à tua angústia.
Se miras almas magnânimas,
jamais o alvo escapa ileso.
Contra mim, ditos desse tipo   155
cairiam logo no vazio.
Contra o poder rasteja a inveja.
Sem os maiores, os pequenos
escoram sem firmeza a torre.
O fraco atinge sua meta   160
com fortes, e estes, com os fracos.
Inútil ensinar aos tolos
o conteúdo dessa máxima.
Gente assim te denigre agora,
e é duro defender tua causa   165
em tua ausência, nobre herói.
Se o teu olhar não os alcança,
farfalham como alegres gralhas.
Se aparecesses de improviso,
temendo o gavião imenso,   170
sem voz, recolheriam asas.

Foi a filha de Zeus, taurina
Ártemis, timbre de renome,
— ó mãe de minha ignomínia! —
quem te pôs no bovino pandemônio?   175
Não lhe rendeste o fruto da vitória?
Frustrada, sem o brilho dos espólios,

ψευσθεῖσ', ἀδώροις, εἴτ' ἐλαφαβολίας;
ἢ χαλκοθώραξ μή τιν' Ἐνυάλιος
μομφὰν ἔχων ξυνοῦ δορὸς ἐννυχίοις 180
μαχαναῖς ἐτίσατο λώβαν;

οὔ ποτε γὰρ φρενόθεν γ' ἐπ' ἀριστερά,
παῖ Τελαμῶνος, ἔβας
τόσσον, ἐν ποίμναις πίτνων· 185
ἥκοι γὰρ ἂν θεία νόσος· ἀλλ' ἀπερύκοι
καὶ Ζεὺς κακὰν καὶ Φοῖβος Ἀργείων φάτιν.
εἰ δ' ὑποβαλλόμενοι
κλέπτουσι μύθους οἱ μεγάλοι βασιλῆς
ἢ τᾶς ἀσώτου Σισυφιδᾶν γενεᾶς, 190
μὴ μή, ἄναξ, ἔθ' ὧδ' ἐφάλοις κλισίαις
ὄμμ' ἔχων κακὰν φάτιν ἄρῃ.

ἀλλ' ἄνα ἐξ ἑδράνων, ὅπου μακραίωνι
στηρίζει ποτὲ τᾷδ' ἀγωνίῳ σχολᾷ
ἄταν οὐρανίαν φλέγων. 195
ἐχθρῶν δ' ὕβρις ὧδ' ἀτάρβητα
ὁρμᾶται ἐν εὐανέμοις βάσσαις,
πάντων καγχαζόντων
γλώσσαις βαρυάλγητα·
ἐμοὶ δ' ἄχος ἕστακεν. 200

sem prêmio pelo cervo sequestrado?
Ou o Bélico, tórax de bronze,⁴
reclama a própria parte em tua lança 180
e maquinando à noite te castiga?

Não casa com teu talhe, Telamônio,
cair num tal desvio,
no abate do rebanho. 185
Só um deus seria autor da insensatez.
Punam o falatório, Apolo e Zeus!
Se na surdina os magnos reis
deformam fatos, ou o herdeiro
da estirpe vil de Sísifo,⁵ 190
não amplies a infâmia,
mantendo o rosto oculto na tenda marinha.

Abandona o assento,
longa agonia de um ócio estéril,
inflama até o céu o teu flagelo. 195
Se alastra a fúria do inimigo
pelos vales de boa brisa;
barítonas da dor, as línguas
se associam no escárnio,
enquanto a angústia me aniquila. 200

---

⁴ É difícil diferenciar Eniálio ("Belicoso", "Bélico") de Ares, deus da guerra. Na *Ilíada*, a palavra é usada como epíteto de Ares (XVII, 211).

⁵ De acordo com o mito, no dia do casamento de Anticleia com Laerte — pais de Odisseu —, Sísifo chega à terra dos noivos atrás de seu rebanho, roubado por Autólico, avô de Odisseu. Nessa ocasião, teria seduzido Anticleia, sendo o verdadeiro pai do herói da *Odisseia*.

ΤΕΚΜΗΣΣΑ

ναὸς ἀρωγοὶ τῆς Αἴαντος,
γενεᾶς χθονίων ἀπ᾽ Ἐρεχθειδῶν,
ἔχομεν στοναχὰς οἱ κηδόμενοι
τοῦ Τελαμῶνος τηλόθεν οἴκου.
νῦν γὰρ ὁ δεινὸς μέγας ὠμοκρατὴς 205
Αἴας θολερῷ
κεῖται χειμῶνι νοσήσας.

ΧΟΡΟΣ

τί δ᾽ ἐνήλλακται τῆς ἡμερίας
νὺξ ἥδε βάρος;
παῖ τοῦ Φρυγίου Τελεύταντος, 210
λέγ᾽, ἐπεὶ σὲ λέχος δουριάλωτον
στέρξας ἀνέχει θούριος Αἴας·
ὥστ᾽ οὐκ ἂν ἄϊδρις ὑπείποις.

ΤΕΚΜΗΣΣΑ

πῶς δῆτα λέγω λόγον ἄρρητον;
θανάτῳ γὰρ ἴσον βάρος ἐκπεύσει. 215
μανίᾳ γὰρ ἁλοὺς ἡμῖν ὁ κλεινὸς
νύκτερος Αἴας ἀπελωβήθη.
τοιαῦτ᾽ ἂν ἴδοις σκηνῆς ἔνδον

34

[Tecmessa sai da tenda e entra em cena]

TECMESSA

Defensores da nau de Ájax,
da estirpe de Erecteu, autóctone,⁶
quem traz a casa telamônia
na mente não lamenta em vão:
com suas omoplatas largas, 205
o apavorante herói se perde
na intempérie da doença.

CORO

A noite oprime o que era ameno.
Qual o seu peso? Conta,
filha do frígio Teleutantes. 210
Nas alturas do amor de Ájax,
prêmio da lança, em seu leito
deitas. Em tua fala há ciência.

TECMESSA

Há língua que o indizível articule?
Uma ruína se equipara à morte: 215
a loucura que o abate, nossa glória.
Em meio à noite o ultraje o leva longe:
verás dentro da tenda, em poças rubras,

---

⁶ Com o intuito de justificar sua origem autóctone, os atenienses consideravam-se descendentes de Erecteu, rei nascido de seu próprio solo (Heródoto, 8, 55). Por sua origem comum, Sófocles associa Salamina a Atenas, embora a ilha tivesse autonomia política.

χειροδάϊκτα σφάγι' αἱμοβαφῆ,
κείνου χρηστήρια τἀνδρός.   220

ΧΟΡΟΣ

οἵαν ἐδήλωσας ἀνέρος αἴθονος
ἀγγελίαν ἄτλατον οὐδὲ φευκτάν,
τῶν μεγάλων Δαναῶν
ὕπο κληζομέναν,   225
τὰν ὁ μέγας μῦθος ἀέξει.
οἴμοι φοβοῦμαι τὸ προσέρπον· περίφαντος ἀνὴρ
θανεῖται, παραπλάκτῳ χερὶ συγκατακτὰς
κελαινοῖς ξίφεσιν βοτὰ καὶ βοτῆρας ἱππονώμας.   230

ΤΕΚΜΗΣΣΑ

ὤμοι· κεῖθεν κεῖθεν ἄρ' ἡμῖν
δεσμῶτιν ἄγων ἤλυθε ποίμνην·
ὧν τὴν μὲν ἔσω σφάζ' ἐπὶ γαίας,   235
τὰ δὲ πλευροκοπῶν δίχ' ἀνερρήγνυ.
δύο δ' ἀργίποδας κριοὺς ἀνελὼν
τοῦ μὲν κεφαλὴν καὶ γλῶσσαν ἄκραν
ῥιπτεῖ θερίσας, τὸν δ' ὀρθὸν ἄνω
κίονι δήσας   240
μέγαν ἱπποδέτην ῥυτῆρα λαβὼν
παίει λιγυρᾷ μάστιγι διπλῇ,
κακὰ δεννάζων ῥήμαθ', ἃ δαίμων
κοὐδεὶς ἀνδρῶν ἐδίδαξεν.

ΧΟΡΟΣ

ὥρα τιν' ἤδη τοι κρᾶτα καλύμμασι   245
κρυψάμενον ποδοῖν κλοπὰν ἀρέσθαι
ἢ θοὸν εἰρεσίας ζυγὸν ἑζόμενον
ποντοπόρῳ ναῒ μεθεῖναι.   250

as vítimas que sua mão mutila,
oferendas do herói em sacrifício. 220

CORO
Negras notícias alardeias
sobre o herói aceso em chamas.
Imaginar-lhe fuga é duro.
Idêntica é a versão dos chefes 225
dânaos, que o falatório amplia.
Temo por seu futuro: o herói, às claras,
morrerá. Sua mão oblíqua afunda
nos pastores, nos bois, o ferro escuro. 230

TECMESSA
Eu posso vê-lo novamente
trazendo o gado prisioneiro.
Degola alguns no chão da tenda; 235
golpeia o flanco, talha a outros.
Patas brancas no ar, a dupla
de carneiros: o crânio corta
de um e a língua lança ao solo;
nas mãos a enorme rédea equina, 240
fustiga — açoite sibilante —
o outro, pregado à coluna.
Vomita graves disparates
de um repertório inumano.

CORO
Tempo de fuga: 245
rosto velado,
pisar com pés gatunos;
do banco ágil dos remeiros, 250

τοίας ἐρέσσουσιν ἀπειλὰς δικρατεῖς Ἀτρεῖδαι
καθ' ἡμῶν· πεφόβημαι λιθόλευστον Ἄρη
ξυναλγεῖν μετὰ τοῦδε τυπείς, 255
τὸν αἶσ' ἄπλατος ἴσχει.

ΤΕΚΜΗΣΣΑ

οὐκέτι· λαμπρᾶς γὰρ ἄτερ στεροπῆς
ᾄξας ὀξὺς νότος ὣς λήγει,
καὶ νῦν φρόνιμος νέον ἄλγος ἔχει·
τὸ γὰρ ἐσλεύσσειν οἰκεῖα πάθη, 260
μηδενὸς ἄλλου παραπράξαντος,
μεγάλας ὀδύνας ὑποτείνει.

ΧΟΡΟΣ

ἀλλ' εἰ πέπαυται, κάρτ' ἂν εὐτυχεῖν δοκῶ·
φρούδου γὰρ ἤδη τοῦ κακοῦ μείων λόγος.

ΤΕΚΜΗΣΣΑ

πότερα δ' ἄν, εἰ νέμοι τις αἵρεσιν, λάβοις, 265
φίλους ἀνιῶν αὐτὸς ἡδονὰς ἔχειν,
ἢ κοινὸς ἐν κοινοῖσι λυπεῖσθαι ξυνών;

ΧΟΡΟΣ

τό τοι διπλάζον, ὦ γύναι, μεῖζον κακόν.

ΤΕΚΜΗΣΣΑ

ἡμεῖς ἄρ' οὐ νοσοῦντες ἀτώμεσθα νῦν.

ΧΟΡΟΣ

πῶς τοῦτ' ἔλεξας; οὐ κάτοιδ' ὅπως λέγεις. 270

recolocar no sulco a nau.
A dupla atrida move ameaças.
Associado à sorte adversa, 255
pedras fatais também me anulam?

TECMESSA
Espera. Como o vendaval armado
se acalma sem a lâmpada do raio,
refeito, ele renova o seu espasmo.
Ver com clareza o próprio sofrimento, 260
inexistindo alguém mais responsável,
prolonga além da conta a dor imensa.

CORO
Saber que cede à calma é um bom augúrio.
O mal distante nos preocupa menos.

TECMESSA
O que farias diante desta opção: 265
gozar prazer atormentando amigos,
ou ruminar em ti a dor alheia?

CORO
É bem maior a dor que se duplica.

TECMESSA
Vivemos a ruína, sem doença.

CORO
Que dizes? Não alcanço tua mensagem. 270

ΤΕΚΜΗΣΣΑ

ἀνὴρ ἐκεῖνος, ἡνίκ' ἦν ἐν τῇ νόσῳ,
αὐτὸς μὲν ἥδεθ' οἷσιν εἶχετ' ἐν κακοῖς,
ἡμᾶς δὲ τοὺς φρονοῦντας ἠνία ξυνών·
νῦν δ' ὡς ἔληξε κἀνέπνευσε τῆς νόσου,
κεῖνός τε λύπῃ πᾶς ἐλήλαται κακῇ 275
ἡμεῖς θ' ὁμοίως οὐδὲν ἧσσον ἢ πάρος.
ἆρ' ἔστι ταῦτα δὶς τόσ' ἐξ ἁπλῶν κακά;

ΧΟΡΟΣ

ξύμφημι δή σοι καὶ δέδοικα μὴ 'κ θεοῦ
πληγή τις ἥκῃ. πῶς γάρ, εἰ πεπαυμένος
μηδέν τι μᾶλλον ἢ νοσῶν εὐφραίνεται; 280

ΤΕΚΜΗΣΣΑ

ὡς ὧδ' ἐχόντων τῶνδ' ἐπίστασθαί σε χρή.

ΧΟΡΟΣ

τίς γάρ ποτ' ἀρχὴ τοῦ κακοῦ προσέπτατο;
δήλωσον ἡμῖν τοῖς ξυναλγοῦσιν τύχας.

ΤΕΚΜΗΣΣΑ

ἅπαν μαθήσει τοὔργον ὡς κοινωνὸς ὤν.
κεῖνος γὰρ ἄκρας νυκτός, ἡνίχ' ἕσπεροι 285
λαμπτῆρες οὐκέτ' ᾖθον, ἄμφηκες λαβὼν
ἐμαίετ' ἔγχος ἐξόδους ἕρπειν κενάς.
κἀγὼ 'πιπλήσσω καὶ λέγω· τί χρῆμα δρᾷς,
Αἴας; τί τήνδ' ἄκλητος οὔθ' ὑπ' ἀγγέλων
κληθεὶς ἀφορμᾷς πεῖραν οὔτε τοῦ κλύων 290
σάλπιγγος; ἀλλὰ νῦν γε πᾶς εὕδει στρατός.
ὁ δ' εἶπε πρός με βαί', ἀεὶ δ' ὑμνούμενα·
γύναι, γυναιξὶ κόσμον ἡ σιγὴ φέρει.

TECMESSA

O herói, quando afundava na doença,
tinha prazer no mal em que se via;
nos afligia, seus comparsas lúcidos.
Agora que respira sem loucura,
o castigo o fulmina por completo   275
e sofremos não menos do que antes.
Não temos um mal duplo ao invés de um único?

CORO

Concordo. Mas me aflige ainda que um deus
desfira um golpe. Pelo humor do herói,
é coisa incerta se a doença cede.   280

TECMESSA

Convém que tomes pé da situação.

CORO

Como sobrevoou o mal no início?
Revela; entre nós a dor é idêntica.

TECMESSA

Ouvirás tudo, sendo nosso íntimo.
Na noite alta, o fogo já em cinzas,   285
empunha sua espada, gume duplo,
e ensaia uma saída. Me antepus:
"O que pretendes, Ájax? Nada clama
por tua presença. O mensageiro cala,
nenhuma trompa emite o seu sinal.   290
Não há rumor; a tropa inteira dorme."
Foi curto na surrada cantilena:
"Mulher, silêncio é adorno das mulheres."

κἀγὼ μαθοῦσ' ἔληξ', ὁ δ' ἐσσύθη μόνος.
καὶ τὰς ἐκεῖ μὲν οὐκ ἔχω λέγειν πάθας· 295
ἔσω δ' ἐσῆλθε συνδέτους ἄγων ὁμοῦ
ταύρους, κύνας βοτῆρας, εὔερόν τ' ἄγραν.
καὶ τοὺς μὲν ηὐχένιζε, τοὺς δ' ἄνω τρέπων
ἔσφαζε κἀρράχιζε, τοὺς δὲ δεσμίους
ᾐκίζεθ' ὥστε φῶτας ἐν ποίμναις πίτνων. 300
τέλος δ' ὑπᾴξας διὰ θυρῶν σκιᾷ τινι
λόγους ἀνέσπα, τοὺς μὲν Ἀτρειδῶν κάτα,
τοὺς δ' ἀμφ' Ὀδυσσεῖ, συντιθεὶς γέλων πολύν,
ὅσην κατ' αὐτῶν ὕβριν ἐκτίσαιτ' ἰών·
κᾆπειτ' ἐπᾴξας αὖθις ἐς δόμους πάλιν, 305
ἔμφρων μόλις πως ξὺν χρόνῳ καθίσταται,
καὶ πλῆρες ἄτης ὡς διοπτεύει στέγος,
παίσας κάρα 'θώϋξεν· ἐν δ' ἐρειπίοις
νεκρῶν ἐρειφθεὶς ἕζετ' ἀρνείου φόνου,
κόμην ἀπρὶξ ὄνυξι συλλαβὼν χερί. 310
καὶ τὸν μὲν ἧστο πλεῖστον ἄφθογγος χρόνον·
ἔπειτ' ἐμοὶ τὰ δείν' ἐπηπείλησ' ἔπη,
εἰ μὴ φανοίην πᾶν τὸ συντυχὸν πάθος,
κἀνήρετ' ἐν τῷ πράγματος κυροῖ ποτέ.
κἀγώ, φίλοι, δείσασα τοὐξειργασμένον 315
ἔλεξα πᾶν ὅσονπερ ἐξηπιστάμην.
ὁ δ' εὐθὺς ἐξῴμωξεν οἰμωγὰς λυγράς,
ἃς οὔποτ' αὐτοῦ πρόσθεν εἰσήκουσ' ἐγώ·
πρὸς γὰρ κακοῦ τε καὶ βαρυψύχου γόους
τοιούσδ' ἀεί ποτ' ἀνδρὸς ἐξηγεῖτ' ἔχειν· 320
ἀλλ' ἀψόφητος ὀξέων κωκυμάτων
ὑπεστέναζε ταῦρος ὣς βρυχώμενος.
νῦν δ' ἐν τοιᾷδε κείμενος κακῇ τύχῃ
ἄσιτος ἀνήρ, ἄποτος, ἐν μέσοις βοτοῖς
σιδηροκμῆσιν ἥσυχος θακεῖ πεσών· 325

E eu me calava, enquanto ele partia.
Não sei dizer o que ocorreu ao longe. 295
Cordas distensas introduzem touros,
cães pastores e as reses, belos chifres.
Parte a cerviz de uns; torcendo a nuca,
degola outros, fraturando a espinha.
Como humanos, humilha o restante. 300
Então cruzou a porta e dirigiu-se
a uma sombra: os ataques aos Atridas
atingem igualmente Odisseu;
vertia a sua fúria em riso enorme.
Logo a seguir, de volta para casa, 305
recobra lentamente a lucidez.
Ao ver na tenda o monte de destroços,
golpeia a testa e grita. Fica apático
no centro do refugo dos carneiros.
Unhas e mãos comprimem os cabelos. 310
Sem voz, sentou-se por um longo tempo.
Então me ameaçou com termos rudes,
se eu calasse o teor da desventura.
Queria estar a par do acontecido,
e eu, meus amigos, cheia de pavor, 315
não podia esconder o que eu sabia.
Súbito, seus tristíssimos lamentos
multiplicam-se, novos para mim,
acostumada a ouvir que tais gemidos
brotavam da canalha pusilânime. 320
Os mugidos de um touro percutiam
no surdo de seus bufos abafados.
Agora que a má sorte o derrubou,
alheio ao repasto e à bebida,
se prostra em meio ao resto de seu ferro. 325

καὶ δῆλός ἐστιν ὥς τι δρασείων κακόν.
τοιαῦτα γάρ πως καὶ λέγει κὠδύρεται.
ἀλλ', ὦ φίλοι, τούτων γὰρ οὔνεκ' ἐστάλην,
ἀρήξατ' εἰσελθόντες, εἰ δύνασθέ τι·
φίλων γὰρ οἱ τοιοίδε νικῶνται λόγοις. 330

ΧΟΡΟΣ
Τέκμησσα, δεινά, παῖ Τελεύταντος, λέγεις
ἡμῖν, τὸν ἄνδρα διαπεφοιβάσθαι κακοῖς.

ΑΙΑΣ
ἰώ μοί μοι.

ΤΕΚΜΗΣΣΑ
τάχ', ὡς ἔοικε, μᾶλλον· ἢ οὐκ ἠκούσατε
Αἴαντος οἵαν τήνδε θωΰσσει βοήν; 335

ΑΙΑΣ
ἰώ μοί μοι.

ΧΟΡΟΣ
ἀνὴρ ἔοικεν ἢ νοσεῖν ἢ τοῖς πάλαι
νοσήμασιν ξυνοῦσι λυπεῖσθαι παρών.

ΑΙΑΣ
ἰώ παῖ παῖ.

ΤΕΚΜΗΣΣΑ
ὤμοι τάλαιν'· Εὐρύσακες, ἀμφὶ σοὶ βοᾷ. 340
τί ποτε μενοινᾷ; ποῦ ποτ' εἶ; τάλαιν' ἐγώ.

É óbvio que cogita mais estragos:
o seu reclamo emite essa mensagem.
Por isso me apressei. Entrai, amigos,
se ao vosso alcance está algum auxílio.
Gente assim cede ao argumento amigo. 330

CORIFEU
É terrível, Tecmessa, o teu relato:
o herói atinge o âmago da insânia.

ÁJAX
Desgraça!

TECMESSA
Sinais de que seu mal breve se agrava:
não ouviste como Ájax troa o grito? 335

ÁJAX
Desgraça!

CORIFEU
Parece que o herói está enfermo
ou que padece o efeito do passado.

ÁJAX
Filho!

TECMESSA
Eurísaques, são para ti seus gritos. 340
Onde estás? Ai de mim! O que planeja?

ΑΙΑΣ

Τεῦκρον καλῶ. ποῦ Τεῦκρος; ἢ τὸν εἰσαεὶ
λεηλατήσει χρόνον, ἐγὼ δ' ἀπόλλυμαι;

ΧΟΡΟΣ

ἀνὴρ φρονεῖν ἔοικεν. ἀλλ' ἀνοίγετε.
τάχ' ἄν τιν' αἰδῶ κἀπ' ἐμοὶ βλέψας λάβοι.

ΤΕΚΜΗΣΣΑ

ἰδού, διοίγω· προσβλέπειν δ' ἔξεστί σοι
τὰ τοῦδε πράγη, καὐτὸς ὡς ἔχων κυρεῖ.

ΑΙΑΣ

ἰὼ
φίλοι ναυβάται, μόνοι ἐμῶν φίλων,
μόνοι ἔτ' ἐμμένοντες ὀρθῷ νόμῳ,
ἴδεσθέ μ' οἷον ἄρτι κῦμα φοινίας ὑπὸ ζάλης
ἀμφίδρομον κυκλεῖται.

ΧΟΡΟΣ

οἴμ' ὡς ἔοικας ὀρθὰ μαρτυρεῖν ἄγαν.
δηλοῖ δὲ τοὔργον ὡς ἀφροντίστως ἔχει.

ΑΙΑΣ

ἰὼ
γένος ναΐας ἀρωγὸν τέχνας,
ἅλιον ὃς ἐπέβας ἑλίσσων πλάταν,
σέ τοι σέ τοι μόνον δέδορκα πημονὰν ἐπαρκέσοντ'·
ἀλλά με συνδάϊξον.

ÁJAX
Teucro! Mas onde se meteu? Até
quando esmoreço, Teucro pilha. Sempre!

CORIFEU
O herói parece em forma. Abre a porta.
Quando me vir, talvez recobre a honra. 345

TECMESSA
Pois bem, eu abro. Podes ver a obra
e a situação em que ele se coloca.

> [Tecmessa abre a porta e Ájax aparece em meio
> aos animais mortos]

ÁJAX
Oh,
amigos nautas, únicos amigos
a conservar as normas no seu rumo, 350
notai a meu redor a onda fresca
da confusa borrasca ensanguentada.

CORIFEU
Como teu testemunho soa exato!
Um nítido produto da loucura. 355

ÁJAX
Oh,
irmão de arte naval,
no mar giramos juntos nossos remos,
deponho em tuas mãos o meu penhor: 360
degola-me!

ΧΟΡΟΣ

εὔφημα φώνει· μὴ κακὸν κακῷ διδοὺς
ἄκος, πλέον τὸ πῆμα τῆς ἄτης τίθει.

ΑΙΑΣ

ὁρᾷς τὸν θρασύν, τὸν εὐκάρδιον,
τὸν ἐν δαΐοις ἄτρεστον μάχαις, 365
ἐν ἀφόβοις με θηρσὶ δεινὸν χέρας;
ὤμοι γέλωτος, οἷον ὑβρίσθην ἄρα.

ΤΕΚΜΗΣΣΑ

μή, δέσποτ᾽ Αἴας, λίσσομαί σ᾽, αὔδα τάδε.

ΑΙΑΣ

οὐκ ἐκτός; οὐκ ἄψορρον ἐκνεμεῖ πόδα;
αἰαῖ αἰαῖ. 370

ΧΟΡΟΣ

ὦ πρὸς θεῶν ὕπεικε καὶ φρόνησον εὖ.

ΑΙΑΣ

ὦ δύσμορος, ὃς χερὶ μὲν
μεθῆκα τοὺς ἀλάστορας,
ἐν δ᾽ ἑλίκεσσι βουσὶ καὶ
κλυτοῖς πεσὼν αἰπολίοις 375
ἐρεμνὸν αἷμ᾽ ἔδευσα.

48

CORIFEU

Refaz a fala. Dando ao mal um mau
aval, dobras a dor do teu azar.⁷

ÁJAX

Vês o bravio, atento ao justo,
voraz na dura pugna, com a mão 365
golpear furioso dóceis animais?
Ridículo! Como me humilham.

TECMESSA

Para, Ájax, senhor, sou eu quem peço.

ÁJAX

Não recuas teus passos? Evaporas?
Dor imensa! 370

CORIFEU

Pelos deuses, recobra a lucidez.

ÁJAX

Obtuso! Os Atridas execráveis
escaparam-me ilesos.
E eu caí sobre o gado, sobre os chifres
recurvos, belas cabras lívidas, 375
vertendo sangue enegrecido.

---

⁷ Com "dando ao mal um mau/ aval" procuro reproduzir o jogo de palavras *kakón kakô didoús/ akos* (lit.: "dando ao mal um mau remédio"); do mesmo modo, no que se refere à sucessão de dentais do verso seguinte: *me pléon tó pema tes ates tithei* (lit.: "não tornes maior o sofrimento de tua ruína"): "dobras a dor do teu azar".

ΧΟΡΟΣ

τί δῆτ' ἂν ἀλγοίης ἐπ' ἐξειργασμένοις;
οὐ γὰρ γένοιτ' ἂν ταῦθ' ὅπως οὐχ ὧδ' ἔχειν.

ΑΙΑΣ

ἰὼ πάνθ' ὁρῶν ἁπάντων τ' ἀεὶ
κακῶν ὄργανον, τέκνον Λαρτίου,   380
κακοπινέστατόν τ' ἄλημα στρατοῦ,
ἦ που πολὺν γέλωθ' ὑφ' ἡδονῆς ἄγεις.

ΧΟΡΟΣ

ξύν τοι θεῷ πᾶς καὶ γελᾷ κὠδύρεται.

ΑΙΑΣ

ἴδοιμι μήν νιν, καίπερ ὧδ' ἀτώμενος.
ἰώ μοί μοι.   385

ΧΟΡΟΣ

μηδὲν μέγ' εἴπῃς· οὐχ ὁρᾷς ἵν' εἶ κακοῦ;

ΑΙΑΣ

ὦ Ζεῦ, προγόνων προπάτωρ,
πῶς ἂν τὸν αἱμυλώτατον,
ἐχθρὸν ἄλημα, τούς τε δισσάρχας
ὀλέσσας βασιλῆς   390
τέλος θάνοιμι καὐτός;

CORIFEU
Por que a dor por algo terminado?
Se é assim, podia ser diverso?

ÁJAX
Matreiro, filho de Laerte,
matriz de todo mal,   380
grão indigesto do exército,
o riso aberto rega o teu prazer.

CORIFEU
Com deus ao lado quem não ri ou chora?

ÁJAX
Que eu possa vê-lo, ainda que anulado.
Ai de mim!   385

CORIFEU
Abandona esse tom. Não vês teu mal?

ÁJAX
Ó Zeus, propagador da minha prole,[8]
como dar fim a um tal mestre da astúcia,
grão odioso, e à dupla
que impera no comando,   390
morrendo eu mesmo após?

---

[8] Éaco, avô de Ájax, é filho de Zeus e da ninfa Egina. No original, lê-se: *progónon propator* (lit.: "ancestral dos antepassados"); na tradução: "propagador da minha prole".

ΤΕΚΜΗΣΣΑ
ὅταν κατεύχῃ ταῦθ', ὁμοῦ κἀμοὶ θανεῖν
εὔχου· τί γὰρ δεῖ ζῆν με σοῦ τεθνηκότος;

ΑΙΑΣ
ἰὼ
σκότος, ἐμὸν φάος, 395
ἔρεβος ὦ φαεννότατον, ὡς ἐμοί,
ἕλεσθ' ἕλεσθέ μ' οἰκήτορα,
ἕλεσθέ μ'· οὔτε γὰρ θεῶν γένος
οὔθ' ἁμερίων ἔτ' ἄξιος
βλέπειν τιν' εἰς ὄνασιν ἀνθρώπων. 400
ἀλλά μ' ἁ Διὸς
ἀλκίμα θεὸς
ὀλέθρι' αἰκίζει.
ποῖ τις οὖν φύγῃ;
ποῖ μολὼν μενῶ; 405
εἰ τὰ μὲν φθίνει, φίλοι, τοιοῖσδ'
ὁμοῦ πέλας, μώραις δ' ἄγραις προσκείμεθα,
πᾶς δὲ στρατὸς δίπαλτος ἄν με χειρὶ φονεύοι.

ΤΕΚΜΗΣΣΑ
ὦ δυστάλαινα, τοιάδ' ἄνδρα χρήσιμον 410
φωνεῖν, ἃ πρόσθεν οὗτος οὐκ ἔτλη ποτ' ἄν.

ΑΙΑΣ
ἰὼ
πόροι ἁλίρροθοι
πάραλά τ' ἄντρα καὶ νέμος ἐπάκτιον,
πολὺν πολύν με δαρόν τε δὴ
κατείχετ' ἀμφὶ Τροίαν χρόνον· ἀλλ' οὐκέτι μ', 415
οὐκ ἔτ' ἀμπνοὰς ἔχοντα· τοῦτό τις φρονῶν ἴστω.

TECMESSA
Pede por mim. Também desejo ir.
Por que sobreviver à tua morte?

ÁJAX
Oh
obscuridade, minha luz, 395
treva brilhantíssima,
faz de mim teu hóspede.
Não ouso olhar a estirpe olímpica,
tampouco os homens — vida breve —,
em busca de um auxílio. 400
A dura Atena me arruína.
Me arrisco à fuga?
Mas onde há paz,
se tudo se consome nesta cena,
produto de uma caça louca? 405
Brandindo a lança,
a tropa em bloco
não me daria chance.

TECMESSA
Um homem de valor dizer o que antes 410
seria indigno enche-nos de dor.

ÁJAX
Ah,
canais de ondas roucas,
grutas salinas, pasto à beira-mar,
por longo tempo lento
em torno a Troia me acolhestes. 415
Expira agora o hóspede;

ὦ Σκαμάνδριοι
γείτονες ῥοαί,
εὔφρονες Ἀργείοις, 420
οὐκέτ᾽ ἄνδρα μὴ
τόνδ᾽ ἴδητ᾽, ἔπος
ἐξερῶ μέγ᾽, οἷον οὔτινα
Τροία στρατοῦ δέρχθη χθονὸς μολόντ᾽ ἀπὸ 425
Ἑλλανίδος· τανῦν δ᾽ ἄτιμος ὧδε πρόκειμαι.

ΧΟΡΟΣ
οὔτοι σ᾽ ἀπείργειν οὐδ᾽ ὅπως ἐῶ λέγειν
ἔχω, κακοῖς τοιοῖσδε συμπεπτωκότα.

ΑΙΑΣ
αἰαῖ· τίς ἄν ποτ᾽ ᾤεθ᾽ ὧδ᾽ ἐπώνυμον 430
τοὐμὸν ξυνοίσειν ὄνομα τοῖς ἐμοῖς κακοῖς;
νῦν γὰρ πάρεστι καὶ δὶς αἰάζειν ἐμοὶ
καὶ τρίς· τοιούτοις γὰρ κακοῖς ἐντυγχάνω·
ὅτου πατὴρ μὲν τῆσδ᾽ ἀπ᾽ Ἰδαίας χθονὸς
τὰ πρῶτα καλλιστεῖ᾽ ἀριστεύσας στρατοῦ 435
πρὸς οἶκον ἦλθε πᾶσαν εὔκλειαν φέρων·
ἐγὼ δ᾽ ὁ κείνου παῖς, τὸν αὐτὸν ἐς τόπον
Τροίας ἐπελθὼν οὐκ ἐλάσσονι σθένει
οὐδ᾽ ἔργα μείω χειρὸς ἀρκέσας ἐμῆς,
ἄτιμος Ἀργείοισιν ὧδ᾽ ἀπόλλυμαι. 440
καίτοι τοσοῦτόν γ᾽ ἐξεπίστασθαι δοκῶ·

me entende quem tem siso.
Vagas
vizinhas do Escamandro, 420
amigas dos argivos,
ouvi a fala altiva:
não existiu em Troia
alguém com mesma fibra. 425
Sem honra assim me afundo.

CORIFEU
Como posso impedir, deixar que fales,
do fundo dessa triste desventura?

ÁJAX
Ájax jaz. Quem diria que meu nome 430
se ajustaria assim aos infortúnios?
Acrescento aos dois termos um terceiro:
já!, que tamanha é a urgência de meus males.[9]
Com a guirlanda máxima do exército,
meu pai voltou de Ida para casa; 435
acúmulo de glória na bagagem.[10]
Filho dele, aportei no mesmo ponto
de Troia, com vigor equiparável,
levando a cabo ações do mesmo porte;
destruído agora, sem apoio argivo. 440
Ao menos de uma coisa estou seguro:

---

[9] Sobre a tradução destes versos, ver Posfácio.

[10] Segundo Píndaro (*Ístmicas*, 5, 27), Telamôn participou da primeira expedição contra Troia ao lado de Héracles, de quem recebe Hesíone como cativa de guerra.

εἰ ζῶν Ἀχιλλεὺς τῶν ὅπλων τῶν ὧν πέρι
κρίνειν ἔμελλε κράτος ἀριστείας τινί,
οὐκ ἄν τις αὔτ' ἔμαρψεν ἄλλος ἀντ' ἐμοῦ.
νῦν δ' αὔτ' Ἀτρεῖδαι φωτὶ παντουργῷ φρένας   445
ἔπραξαν, ἀνδρὸς τοῦδ' ἀπώσαντες κράτη.
κεἰ μὴ τόδ' ὄμμα καὶ φρένες διάστροφοι
γνώμης ἀπῇξαν τῆς ἐμῆς, οὐκ ἄν ποτε
δίκην κατ' ἄλλου φωτὸς ὧδ' ἐψήφισαν.
νῦν δ' ἡ Διὸς γοργῶπις ἀδάματος θεὰ   450
ἤδη μ' ἐπ' αὐτοῖς χεῖρ' ἐπεντύνοντ' ἐμὴν
ἔσφηλεν, ἐμβαλοῦσα λυσσώδη νόσον,
ὥστ' ἐν τοιοῖσδε χεῖρας αἱμάξαι βοτοῖς·
κεῖνοι δ' ἐπεγγελῶσιν ἐκπεφευγότες,
ἐμοῦ μὲν οὐχ ἑκόντος· εἰ δέ τις θεῶν   455
βλάπτοι, φύγοι τἂν χὠ κακὸς τὸν κρείσσονα.
καὶ νῦν τί χρὴ δρᾶν; ὅστις ἐμφανῶς θεοῖς
ἐχθαίρομαι, μισεῖ δέ μ' Ἑλλήνων στρατός,
ἔχθει δὲ Τροία πᾶσα καὶ πεδία τάδε.
πότερα πρὸς οἴκους, ναυλόχους λιπὼν ἕδρας   460
μόνους τ' Ἀτρείδας, πέλαγος Αἰγαῖον περῶ;
καὶ ποῖον ὄμμα πατρὶ δηλώσω φανεὶς
Τελαμῶνι; πῶς με τλήσεταί ποτ' εἰσιδεῖν
γυμνὸν φανέντα τῶν ἀριστείων ἄτερ,
ὧν αὐτὸς ἔσχε στέφανον εὐκλείας μέγαν;   465
οὐκ ἔστι τοὔργον τλητόν. ἀλλὰ δῆτ' ἰὼν
πρὸς ἔρυμα Τρώων, ξυμπεσὼν μόνος μόνοις
καὶ δρῶν τι χρηστόν, εἶτα λοίσθιον θάνω;
ἀλλ' ὧδέ γ' Ἀτρείδας ἂν εὐφράναιμί που.
οὐκ ἔστι ταῦτα. πεῖρά τις ζητητέα   470
τοιάδ' ἀφ' ἧς γέροντι δηλώσω πατρὶ
μή τοι φύσιν γ' ἄσπλαγχνος ἐκ κείνου γεγώς.

se a Aquiles fosse dado em vida honrar
o mais bravo guerreiro com as armas,
em mais ninguém recairia a escolha.
Os Atridas preferem o matreiro, 445
tratando meus prodígios com desdém.
Se os olhos e a cabeça desvairados
não me afastassem dos projetos, nunca
ergueriam seus votos contra alguém.
Mas a filha de Zeus, olhar tremendo, 450
quando eu estava a ponto de abatê-los,
derrama em mim a raiva de um cachorro:
manchei de sangue as mãos naquelas bestas.
Assisto contrafeito à segurança
de seus risos. Um deus frustra o mais forte, 455
só assim o covarde escapa ileso.
O que devo fazer? Por certo os deuses
me odeiam, me abomina a tropa helênica,
me odeia Troia inteira e esta planície.
Abandonar as docas e deixar 460
os Atridas atrás, rumo ao Egeu?
Mas com que cara enfrento Telamôn?
Como suportará me ver sem prêmio,
o dono das coroas mais ilustres,
aparecendo eu nu à sua frente? 465
Duro fardo. Retorno então aos muros
de Troia, dobro a sós o adversário,
morrendo com um saldo de proezas?
Mas os Atridas sentiriam júbilo.
Isto é impossível! Urge que eu encontre 470
um outro meio de provar ao pai
que não há em sua raça invertebrados.

αἰσχρὸν γὰρ ἄνδρα τοῦ μακροῦ χρῄζειν βίου,
κακοῖσιν ὅστις μηδὲν ἐξαλλάσσεται.
τί γὰρ παρ' ἦμαρ ἡμέρα τέρπειν ἔχει 475
προσθεῖσα κἀναθεῖσα τοῦ γε κατθανεῖν;
οὐκ ἂν πριαίμην οὐδενὸς λόγου βροτὸν
ὅστις κεναῖσιν ἐλπίσιν θερμαίνεται·
ἀλλ' ἢ καλῶς ζῆν ἢ καλῶς τεθνηκέναι
τὸν εὐγενῆ χρή. πάντ' ἀκήκοας λόγον. 480

ΧΟΡΟΣ
οὐδεὶς ἐρεῖ ποθ' ὡς ὑπόβλητον λόγον,
Αἴας, ἔλεξας, ἀλλὰ τῆς σαυτοῦ φρενός·
παῦσαί γε μέντοι καὶ δὸς ἀνδράσιν φίλοις
γνώμης κρατῆσαι, τάσδε φροντίδας μεθείς.

ΤΕΚΜΗΣΣΑ
ὦ δέσποτ' Αἴας, τῆς ἀναγκαίας τύχης 485
οὐκ ἔστιν οὐδὲν μεῖζον ἀνθρώποις κακόν.
ἐγὼ δ' ἐλευθέρου μὲν ἐξέφυν πατρός,
εἴπερ τινὸς σθένοντος ἐν πλούτῳ Φρυγῶν·
νῦν δ' εἰμὶ δούλη· θεοῖς γὰρ ὧδ' ἔδοξέ που
καὶ σῇ μάλιστα χειρί. τοιγαροῦν, ἐπεὶ 490
τὸ σὸν λέχος ξυνῆλθον, εὖ φρονῶ τὰ σά,
καί σ' ἀντιάζω πρός τ' ἐφεστίου Διὸς
εὐνῆς τε τῆς σῆς, ᾗ συνηλλάχθης ἐμοί,
μή μ' ἀξιώσῃς βάξιν ἀλγεινὴν λαβεῖν
τῶν σῶν ὑπ' ἐχθρῶν, χειρίαν ἐφείς τινι. 495
ᾗ γὰρ θάνῃς σὺ καὶ τελευτήσας ἀφῇς,
ταύτῃ νόμιζε κἀμὲ τῇ τόθ' ἡμέρᾳ

Torpe é o herói que pede vida longa,
quando nada transmuda sua desgraça.
Que prazer haverá num dia após 475
outro, que afasta e desafasta a morte?
Nenhuma só palavra eu gastaria
com quem se aquece na esperança vã.
Um homem nobre ou vive na beleza
ou nela morre. É esse o meu resumo. 480

CORIFEU
Ninguém dirá que o teu discurso é ambíguo,
mas que provém do âmago de Ájax.
Contudo, para, deixa que os amigos
anulem teu projeto. Joga-o fora.

TECMESSA
Senhor, eu desconheço mal maior 485
que o fado que governa o ser humano.
Nasci de um homem livre, poderoso,
se alguém o foi em meio aos ricos frígios.
Agora sou escrava. Quis um deus
e tua mão, sobretudo. Companheira 490
em teu leito, zelosa de teu mundo,
peço, por Zeus, guardião de nosso fogo,
pelo tálamo em que nos conhecemos,
não deixes que inimigos teus me insultem,
jogando-me nos braços de um qualquer. 495
Se morres (com teu fim eu fico só),[11]
tem por certo que nesse mesmo dia

---

[11] Desde a Antiguidade, esta fala é comparada às famosas palavras que Andrômaca dirige a Heitor (*Ilíada*, VI, 459 ss.).

βίᾳ ξυναρπασθεῖσαν Ἀργείων ὕπο
ξὺν παιδὶ τῷ σῷ δουλίαν ἕξειν τροφήν.
καί τις πικρὸν πρόσφθεγμα δεσποτῶν ἐρεῖ 500
λόγοις ἰάπτων· ἴδετε τὴν ὁμευνέτιν
Αἴαντος, ὃς μέγιστον ἴσχυσεν στρατοῦ,
οἵας λατρείας ἀνθ' ὅσου ζήλου τρέφει.
τοιαῦτ' ἐρεῖ τις· κἀμὲ μὲν δαίμων ἐλᾷ,
σοὶ δ' αἰσχρὰ τἄπη ταῦτα καὶ τῷ σῷ γένει. 505
ἀλλ' αἴδεσαι μὲν πατέρα τὸν σὸν ἐν λυγρῷ
γήρᾳ προλείπων, αἴδεσαι δὲ μητέρα
πολλῶν ἐτῶν κληροῦχον, ἥ σε πολλάκις
θεοῖς ἀρᾶται ζῶντα πρὸς δόμους μολεῖν·
οἴκτιρε δ', ὦναξ, παῖδα τὸν σόν, εἰ νέας 510
τροφῆς στερηθεὶς σοῦ διοίσεται μόνος
ὑπ' ὀρφανιστῶν μὴ φίλων, ὅσον κακὸν
κείνῳ τε κἀμοὶ τοῦθ', ὅταν θάνῃς, νεμεῖς.
ἐμοὶ γὰρ οὐκέτ' ἔστιν εἰς ὅ τι βλέπω
πλὴν σοῦ. σὺ γάρ μοι πατρίδ' ᾔστωσας δόρει, 515
καὶ μητέρ' ἄλλη μοῖρα τὸν φύσαντά τε
καθεῖλεν Ἅιδου θανασίμους οἰκήτορας.
τίς δῆτ' ἐμοὶ γένοιτ' ἂν ἀντὶ σοῦ πατρίς;
τίς πλοῦτος; ἐν σοὶ πᾶσ' ἔγωγε σῴζομαι.
ἀλλ' ἴσχε κἀμοῦ μνῆστιν· ἀνδρί τοι χρεὼν 520
μνήμην προσεῖναι, τερπνὸν εἴ τί που πάθοι.
χάρις χάριν γάρ ἐστιν ἡ τίκτουσ' ἀεί·
ὅτου δ' ἀπορρεῖ μνῆστις εὖ πεπονθότος,
οὐκ ἂν γένοιτ' ἔθ' οὗτος εὐγενὴς ἀνήρ.

ΧΟΡΟΣ
Αἴας, ἔχειν σ' ἂν οἶκτον ὡς κἀγὼ φρενὶ 525
θέλοιμ' ἄν· αἰνοίης γὰρ ἂν τὰ τῆσδ' ἔπη.

me leva algum argivo com teu filho,
para amargar a vida de cativa.
E o novo dono logo há de agredir-me: 500
"Vejam, quem dividia o leito de Ájax,
cuja força batia a dos guerreiros:
há servitude no lugar da inveja."
O mau demônio doma a minha sorte,
mas esse tom rebaixa tua família. 505
Vergonha abandonar o pai na dura
velhice, além da mãe, a quem a sorte
deu longos anos. Roga sem descanso
aos deuses que retornes são e salvo.
Rei, olha por teu filho. Se na infância 510
não desfrutou do apuro, só, sem ti,
suportará a tutela adversária.
Tal desgraça prepara-nos tua morte.
Em mais ninguém recai o meu olhar.
Tua lança arrasou a minha pátria. 515
Levou-me os pais quem guia a sorte, Moira,
cadáveres que migram para o Hades.
És minha pátria. Há alguma outra?
Outra fortuna? Só em ti me salvo.
Agora pensa em mim. Se já provou 520
prazer, o homem deve recordar:
o sabor se renova no sabor.
Quem deixa esvanecer o bem passado,
não mais merece o título de nobre.

CORIFEU
Se houvesse piedade no teu ânimo, 525
como eu, elogiarias essa fala.

ΑΙΑΣ
καὶ κάρτ' ἐπαίνου τεύξεται πρὸς γοῦν ἐμοῦ,
ἐὰν μόνον τὸ ταχθὲν εὖ τολμᾷ τελεῖν.

ΤΕΚΜΗΣΣΑ
ἀλλ' ὦ φίλ' Αἴας, πάντ' ἔγωγε πείσομαι.

ΑΙΑΣ
κόμιζέ νύν μοι παῖδα τὸν ἐμόν, ὡς ἴδω.   530

ΤΕΚΜΗΣΣΑ
καὶ μὴν φόβοισί γ' αὐτὸν ἐξελυσάμην.

ΑΙΑΣ
ἐν τοῖσδε τοῖς κακοῖσιν; ἢ τί μοι λέγεις;

ΤΕΚΜΗΣΣΑ
μὴ σοί γέ που δύστηνος ἀντήσας θάνοι.

ΑΙΑΣ
πρέπον γέ τἂν ἦν δαίμονος τοὐμοῦ τόδε.

ΤΕΚΜΗΣΣΑ
ἀλλ' οὖν ἐγὼ 'φύλαξα τοῦτό γ' ἀρκέσαι.   535

ΑΙΑΣ
ἐπῄνεσ' ἔργον καὶ πρόνοιαν ἣν ἔθου.

ΤΕΚΜΗΣΣΑ
τί δῆτ' ἂν ὡς ἐκ τῶνδ' ἂν ὠφελοῖμί σε;

ÁJAX
Não faltarei com elogios, se ela
ousar levar a termo o que eu ordeno.

TECMESSA
Não falharei em nada, amado Ájax.

ÁJAX
Aproxima meu filho; quero vê-lo. 530

TECMESSA
Confesso que por medo o afastei.

ÁJAX
Enquanto eu padecia? O que afirmas?

TECMESSA
Para que não morresse, se o visses.

ÁJAX
Meu gênio mau a tanto chegaria?

TECMESSA
Por precaução, mantive-o sob guarda. 535

ÁJAX
Merece apreço o ato e a previdência.

TECMESSA
Se as coisas são assim, em que sou útil?

ΑΙΑΣ
δός μοι προσειπεῖν αὐτὸν ἐμφανῆ τ' ἰδεῖν·

ΤΕΚΜΗΣΣΑ
καὶ μὴν πέλας γε προσπόλοις φυλάσσεται.

ΑΙΑΣ
τί δῆτα μέλλει μὴ οὐ παρουσίαν ἔχειν; 540

ΤΕΚΜΗΣΣΑ
ὦ παῖ, πατὴρ καλεῖ σε. δεῦρο προσπόλων
ἄγ' αὐτὸν ὅσπερ χερσὶν εὐθύνων κυρεῖς.

ΑΙΑΣ
ἕρποντι φωνεῖς ἢ λελειμμένῳ λόγων;

ΤΕΚΜΗΣΣΑ
καὶ δὴ κομίζει προσπόλων ὅδ' ἐγγύθεν.

ΑΙΑΣ
αἶρ' αὐτόν, αἶρε δεῦρο· ταρβήσει γὰρ οὒ 545
νεοσφαγῆ που τόνδε προσλεύσσων φόνον,
εἴπερ δικαίως ἔστ' ἐμὸς τὰ πατρόθεν.
ἀλλ' αὐτίκ' ὠμοῖς αὐτὸν ἐν νόμοις πατρὸς
δεῖ πωλοδαμνεῖν κἀξομοιοῦσθαι φύσιν.
ὦ παῖ, γένοιο πατρὸς εὐτυχέστερος, 550
τὰ δ' ἄλλ' ὅμοιος· καὶ γένοι' ἂν οὐ κακός.
καίτοι σε καὶ νῦν τοῦτό γε ζηλοῦν ἔχω,
ὁθούνεκ' οὐδὲν τῶνδ' ἐπαισθάνει κακῶν·
ἐν τῷ φρονεῖν γὰρ μηδὲν ἥδιστος βίος,
ἕως τὸ χαίρειν καὶ τὸ λυπεῖσθαι μάθῃς. 555

ÁJAX
Deixa eu falar com ele frente a frente.

TECMESSA
Está bem perto. Servos cuidam dele.

ÁJAX
Por que motivo então não se apresenta? 540

TECMESSA
Teu pai te chama, filho. Traze-o, servo,
tu mesmo que o seguras pela mão.

ÁJAX
Falas com uma lesma ou um relapso?

TECMESSA
Vê, ele vem, um servo o acompanha.

[Entra um escravo trazendo Eurísaques]

ÁJAX
Ergue-o. Se for de fato filho meu, 545
ao ver o sangue da carnificina,
não perderá o prumo. Como a um potro,
o adestre meu comportamento duro,
seja idêntica à minha a sua natura.
Que o meu azar não siga o teu destino; 550
herda o resto e jamais serás um verme.
Não me faltam motivos para inveja,
pois os males de agora não percebes.
Na ignorância está a doce vida,
até que o tempo dê prazer e dor. 555

ὅταν δ' ἵκῃ πρὸς τοῦτο, δεῖ σ' ὅπως πατρὸς
δείξεις ἐν ἐχθροῖς, οἷος ἐξ οἵου 'τράφης.
τέως δὲ κούφοις πνεύμασιν βόσκου, νέαν
ψυχὴν ἀτάλλων, μητρὶ τῇδε χαρμονήν.
οὔτοι σ' Ἀχαιῶν, οἶδα, μή τις ὑβρίσῃ 560
στυγναῖσι λώβαις, οὐδὲ χωρὶς ὄντ' ἐμοῦ.
τοῖον πυλωρὸν φύλακα Τεῦκρον ἀμφί σοι
λείψω τροφῆ τ' ἄοκνον ἔμπα, κεἰ τανῦν
τηλωπὸς οἰχνεῖ, δυσμενῶν θήραν ἔχων.
ἀλλ', ἄνδρες ἀσπιστῆρες, ἐνάλιος λεώς, 565
ὑμῖν τε κοινὴν τήνδ' ἐπισκήπτω χάριν,
κείνῳ τ' ἐμὴν ἀγγείλατ' ἐντολήν, ὅπως
τὸν παῖδα τόνδε πρὸς δόμους ἐμοὺς ἄγων
Τελαμῶνι δείξει μητρί τ', Ἐριβοίᾳ λέγω,
ὥς σφιν γένηται γηροβοσκὸς εἰσαεί, 570
μέχρις οὗ μυχοὺς κίχωσι τοῦ κάτω θεοῦ,
καὶ τἀμὰ τεύχη μήτ' ἀγωνάρχαι τινὲς
θήσουσ' Ἀχαιοῖς μήθ' ὁ λυμεὼν ἐμός.
ἀλλ' αὐτό μοι σύ, παῖ, λαβὼν ἐπώνυμον,
Εὐρύσακες, ἴσχε διὰ πολυρράφου στρέφων 575
πόρπακος, ἑπτάβοιον ἄρρηκτον σάκος·
τὰ δ' ἄλλα τεύχη κοίν' ἐμοὶ τεθάψεται.
ἀλλ' ὡς τάχος τὸν παῖδα τόνδ' ἤδη δέχου
καὶ δῶμα πάκτου, μηδ' ἐπισκήνους γόους
δάκρυε· κάρτα τοι φιλοίκτιστον γυνή. 580

Quando atingires esse ponto, deves
mostrar de quem és filho aos inimigos.
Até lá, nutre o talo da alma jovem
na brisa leve e tua mãe alegra.
Mesmo sem mim, aqueu algum virá   560
com animosidade. É coisa certa,
pois a teu lado fica meu guardião,
Teucro, solerte à tua juventude,
embora ausente à caça de adversários.
Portadores de escudo, ases do mar,   565
também a vós estendo o meu pedido;
fazei chegar a Teucro as minhas ordens:
cuide que este menino chegue em casa.
Mostrado a Telamôn e a Eribeia,
será o abrigo deles na velhice,   570
até que os leve um deus ao mundo ínfero.
Juiz nenhum, nem quem me causa ruína,
coloque em mãos de Aqueus meu armamento.
E tu, como teu nome indica, Eurísaques,
saca o escudo lavrado em sete couros,   575
pela trança da braçadeira o enrista;[12]
no meu sepulcro enterra as outras armas.
Segura sem demora este menino,
lacra a tenda e não chores do outro lado:
mulher tem forte queda pelas lágrimas.   580

---

[12] *Eurísaques* significa "largo escudo" e, no original, está em quiasmo com *sakos* ("escudo"). Mantive posição equivalente, criando um paralelo formal ("Eurísaques", "saca", com apoio em "enrista", no qual ecoa o imperativo *iskhe*, "mantém").

πύκαζε θᾶσσον· οὐ πρὸς ἰατροῦ σοφοῦ
θρηνεῖν ἐπῳδὰς πρὸς τομῶντι πήματι.

ΧΟΡΟΣ
δέδοικ' ἀκούων τήνδε τὴν προθυμίαν·
οὐ γάρ μ' ἀρέσκει γλῶσσά σου τεθηγμένη.

ΤΕΚΜΗΣΣΑ
ὦ δέσποτ' Αἴας, τί ποτε δρασείεις φρενί; 585

ΑΙΑΣ
μὴ κρῖνε, μὴ 'ξέταζε· σωφρονεῖν καλόν.

ΤΕΚΜΗΣΣΑ
οἴμ' ὡς ἀθυμῶ· καί σε πρὸς τοῦ σοῦ τέκνου
καὶ θεῶν ἱκνοῦμαι, μὴ προδοὺς ἡμᾶς γένῃ.

ΑΙΑΣ
ἄγαν γε λυπεῖς· οὐ κάτοισθ' ἐγὼ θεοῖς
ὡς οὐδὲν ἀρκεῖν εἴμ' ὀφειλέτης ἔτι; 590

ΤΕΚΜΗΣΣΑ
εὔφημα φώνει.

ΑΙΑΣ
  τοῖς ἀκούουσιν λέγε.

ΤΕΚΜΗΣΣΑ
σὺ δ' οὐχὶ πείσει;

ΑΙΑΣ
   πόλλ' ἄγαν ἤδη θροεῖς.

Um médico de nome não extirpa
cancro com verbo, mas com bisturi.

CORIFEU
Ouvir tua decisão me traz pavor.
O fio de tua língua não me apraz.

TECMESSA
Ájax, o que maquinas em teu âmago?   585

ÁJAX
Não perguntes; prudência é uma dádiva.

TECMESSA
Angústia! Eu peço em nome de teu filho
e pelos deuses: não nos abandones.

ÁJAX
Não paras de me aborrecer? Não sabes
que aos deuses eu parei de retribuir?   590

TECMESSA
Tua fala ofende.

ÁJAX
          Divulga-a a quem quiser ouvir.

TECMESSA
E tu não cedes?

ÁJAX
          Gritas em excesso.

ΤΕΚΜΗΣΣΑ
ταρβῶ γάρ, ὦναξ.

ΑΙΑΣ
   οὐ ξυνέρξεθ' ὡς τάχος;

ΤΕΚΜΗΣΣΑ
πρὸς θεῶν, μαλάσσου.

ΑΙΑΣ
   μῶρά μοι δοκεῖς φρονεῖν,
εἰ τοὐμὸν ἦθος ἄρτι παιδεύειν νοεῖς.   595

ΧΟΡΟΣ
ὦ κλεινὰ Σαλαμίς, σὺ μέν που
ναίεις ἁλίπλακτος, εὐδαίμων,
πᾶσιν περίφαντος ἀεί·
ἐγὼ δ' ὁ τλάμων παλαιὸς ἀφ' οὗ χρόνος   600
Ἰδαῖα μίμνων λειμώνι' ἔπαυλα μηνῶν
ἀνήριθμος αἰὲν εὐνῶμαι
χρόνῳ τρυχόμενος,   605
κακὰν ἐλπίδ' ἔχων
ἔτι μέ ποτ' ἀνύσειν
τὸν ἀπότροπον ἀίδηλον Ἅιδαν.

καί μοι δυσθεράπευτος Αἴας
ξύνεστιν ἔφεδρος, ὤμοι μοι,   610

TECMESSA
O medo me domina.

ÁJAX
        Lacrai a tenda, suas lesmas!

TECMESSA
Pelos deuses, acalma-te!

ÁJAX
        Revelas pensamento um tanto ingênuo,
pretendendo educar meu gênio agora. 595

[Ájax entra na tenda e Tecmessa sai, levando o filho]

CORO
Ínclita Salamina,
afortunada íncola
das ondas, dona do renome unânime.[13]
Velho conviva do infortúnio, 600
cansei de enumerar o sono
em Ida, onde pastam cabras.
O tempo fez de mim um traste; 605
a mim só resta a espera amarga
de conhecer enfim o Hades,
sombria rota que se evade.

Ao meu lado sentou-se
há pouco Ájax, mal sem cura: 610

---

[13] A fama de Salamina provém da batalha final contra Xerxes, nas Guerras Médicas. Um anacronismo de Sófocles, que certamente agradou os atenienses.

θείᾳ μανίᾳ ξύναυλος·
ὃν ἐξεπέμψω πρὶν δή ποτε θουρίῳ
κρατοῦντ' ἐν Ἄρει· νῦν δ' αὖ φρενὸς οἰοβώτας
φίλοις μέγα πένθος ηὕρηται. 615
τὰ πρὶν δ' ἔργα χεροῖν
μεγίστας ἀρετᾶς
ἄφιλα παρ' ἀφίλοις 620
ἔπεσ' ἔπεσε μελέοις Ἀτρείδαις.

ἦ που παλαιᾷ μὲν σύντροφος ἀμέρᾳ,
λευκῷ δὲ γήρᾳ μάτηρ νιν ὅταν νοσοῦντα 625
φρενομόρως ἀκούσῃ,
αἴλινον αἴλινον
οὐδ' οἰκτρᾶς γόον ὄρνιθος ἀηδοῦς
ἥσει δύσμορος, ἀλλ' ὀξυτόνους μὲν ᾠδὰς 630
θρηνήσει, χερόπλακτοι δ'
ἐν στέρνοισι πεσοῦνται
δοῦποι καὶ πολιᾶς ἄμυγμα χαίτας.

κρείσσων παρ' Ἅιδᾳ κεύθων ὁ νοσῶν μάταν, 635
ὃς ἐκ πατρῴας ἥκων γενεᾶς ἄριστος
πολυπόνων Ἀχαιῶν,
οὐκέτι συντρόφοις

um deus é autor da insânia.
Enviaste um dia um líder
ao coração da luta.
Pastor da própria alma, 615
a quem é caro enluta agora.
Aos Atridas de nada,
não vale nada a obra 620
magna que avulta no passado.

Curvada pelos anos,
em sua velhice branca, 625
a mãe sabe da doença:
— "mau-te-fiz, mau-te-fiz"[14] —
não o lamento lúgubre
do rouxinol ferido, 630
mas odes agudíssimas
emite, mãos no peito,
revolta em mecha cinza.

Melhor que o Hades cubra o insano, 635
campeão, pelo lado paterno,
entre os aqueus, campanhas árduas.
Não mais mantém comércio

---

[14] Sófocles usa duas vezes, com valor de interjeição, o adjetivo substantivado *ailinon* ("canto lúgubre"), contraposto ao gemido lamentoso do rouxinol. O autor alude ao mito de Procne, transformada pelos deuses em rouxinol a fim de que escapasse de seu marido Tereu, a quem servia o próprio filho num banquete como vingança, depois de ele ter violentado e cortado a língua de sua irmã, Filomela. Como ave, Procne chora a morte de seu filho, Ítis. Preferi preservar de alguma forma o caráter interjectivo de *ailinon* (que aparece como "mau-te-fiz, mau-te-fiz", menção negativa do bem-te-vi), a traduzir, como de costume, por "grito lúgubre, grito lúgubre".

ὀργαῖς ἔμπεδος, ἀλλ' ἐκτὸς ὁμιλεῖ.
ὦ τλᾶμον πάτερ, οἵαν σε μένει πυθέσθαι
παιδὸς δύσφορον ἄταν,
ἃν οὔπω τις ἔθρεψεν
αἰὼν Αἰακιδᾶν ἄτερθε τοῦδε.

ΑΙΑΣ
ἅπανθ' ὁ μακρὸς κἀναρίθμητος χρόνος
φύει τ' ἄδηλα καὶ φανέντα κρύπτεται·
κοὐκ ἔστ' ἄελπτον οὐδέν, ἀλλ' ἁλίσκεται
χὠ δεινὸς ὅρκος χαἰ περισκελεῖς φρένες.
κἀγὼ γάρ, ὃς τὰ δείν' ἐκαρτέρουν τότε,
βαφῇ σίδηρος ὣς ἐθηλύνθην στόμα
πρὸς τῆσδε τῆς γυναικός· οἰκτίρω δέ νιν
χήραν παρ' ἐχθροῖς παῖδά τ' ὀρφανὸν λιπεῖν.
ἀλλ' εἶμι πρός τε λουτρὰ καὶ παρακτίους
λειμῶνας, ὡς ἂν λύμαθ' ἁγνίσας ἐμὰ
μῆνιν βαρεῖαν ἐξαλύξωμαι θεᾶς·
μολών τε χῶρον ἔνθ' ἂν ἀστιβῆ κίχω,
κρύψω τόδ' ἔγχος τοὐμόν, ἔχθιστον βελῶν,
γαίας ὀρύξας ἔνθα μή τις ὄψεται·
ἀλλ' αὐτὸ νὺξ Ἅιδης τε σῳζόντων κάτω.
ἐγὼ γὰρ ἐξ οὗ χειρὶ τοῦτ' ἐδεξάμην
παρ' Ἕκτορος δώρημα δυσμενεστάτου,
οὔπω τι κεδνὸν ἔσχον Ἀργείων πάρα.
ἀλλ' ἔστ' ἀληθὴς ἡ βροτῶν παροιμία,
ἐχθρῶν ἄδωρα δῶρα κοὐκ ὀνήσιμα.

com a seiva nativa.
Pobre pai,
ainda te falta ver
o pesar de teu filho,
único Eácida a nutri-lo.

    [Ájax sai da tenda empunhando a espada. Tecmessa o segue]

ÁJAX

O tempo, em sua sucessão de números,[15]
revela e encobre o que trazia à luz.
Inexiste o imprevisto. Não escapa
a jura mais solene, a mente intrépida.
Se eu me mantinha duro em meus propósitos,
como ferro na têmpera, amoleço
a língua quando a ouço: dói deixar
o filho órfão e ela entre os vis.
Agora irei banhar-me junto ao campo
litorâneo. Quem sabe eu me depure
desta escória e me poupe a ira divina.
Tão logo encontre um território virgem,
esconderei a espada, odiosa lâmina,
numa vala secreta, fundamente
escavada, à mercê da noite e do Hades.
Desde que a recebi das mãos de Heitor,
presente do meu arqui-inimigo,
não me favoreceu um bem argivo.
Com seu provérbio o homem diz verdade:
"o dom de um desafeto só desdoura".[16]

---

[15] Sobre esta fala, ver Posfácio.

[16] A oposição "dom/ desdoura" é a solução que encontrei para *ádora dora* (lit.: "não-presente presente") do original.

τοιγὰρ τὸ λοιπὸν εἰσόμεσθα μὲν θεοῖς
εἴκειν, μαθησόμεσθα δ' Ἀτρείδας σέβειν.
ἄρχοντές εἰσιν, ὥσθ' ὑπεικτέον. τί μήν;
καὶ γὰρ τὰ δεινὰ καὶ τὰ καρτερώτατα
τιμαῖς ὑπείκει· τοῦτο μὲν νιφοστιβεῖς 670
χειμῶνες ἐκχωροῦσιν εὐκάρπῳ θέρει·
ἐξίσταται δὲ νυκτὸς αἰανὴς κύκλος
τῇ λευκοπώλῳ φέγγος ἡμέρᾳ φλέγειν·
δεινῶν τ' ἄημα πνευμάτων ἐκοίμισε
στένοντα πόντον· ἐν δ' ὁ παγκρατὴς ὕπνος 675
λύει πεδήσας, οὐδ' ἀεὶ λαβὼν ἔχει.
ἡμεῖς δὲ πῶς οὐ γνωσόμεσθα σωφρονεῖν;
ἔγωγ'· ἐπίσταμαι γὰρ ἀρτίως ὅτι
ὅ τ' ἐχθρὸς ἡμῖν ἐς τοσόνδ' ἐχθαρτέος,
ὡς καὶ φιλήσων αὖθις, ἔς τε τὸν φίλον 680
τοσαῦθ' ὑπουργῶν ὠφελεῖν βουλήσομαι,
ὡς αἰὲν οὐ μενοῦντα· τοῖς πολλοῖσι γὰρ
βροτῶν ἄπιστός ἐσθ' ἑταιρείας λιμήν.
ἀλλ' ἀμφὶ μὲν τούτοισιν εὖ σχήσει· σὺ δὲ
ἔσω θεοῖς ἐλθοῦσα διὰ τάχους, γύναι, 685
εὔχου τελεῖσθαι τοὐμὸν ὧν ἐρᾷ κέαρ.
ὑμεῖς δ', ἑταῖροι, ταὐτὰ τῇδέ μοι τάδε
τιμᾶτε, Τεύκρῳ τ', ἢν μόλῃ, σημήνατε
μέλειν μὲν ἡμῶν, εὐνοεῖν δ' ὑμῖν ἅμα.
ἐγὼ γὰρ εἶμ' ἐκεῖσ' ὅποι πορευτέον· 690
ὑμεῖς δ' ἃ φράζω δρᾶτε, καὶ τάχ' ἄν μ' ἴσως
πύθοισθε, κεἰ νῦν δυστυχῶ, σεσωσμένον.

ΧΟΡΟΣ
ἔφριξ' ἔρωτι, περιχαρὴς δ' ἀνεπτόμαν.
ἰὼ ἰὼ Πὰν Πάν,

Por isso, doravante eu sigo os deuses,
e os Atridas já contam com respeito.
São os chefes; é lei obedecê-los.
Nem mesmo o que resiste foge à regra:
cede. O inverno, com seus passos níveos,   670
dá lugar ao verão de belas frutas.
Ao dia alviequino o disco escuro
da noite põe-se em fuga, e vem a luz.
O furacão furioso dorme onde
a onda ulula. O sonho onipotente   675
retém e solta. Não mantém consigo
a presa. A lucidez é refutável?
Agora eu sei que a inimizade pelo
inimigo não deve ser total,
podendo ser benquisto um belo dia.   680
Coloco-me à disposição do amigo,
sabendo ser fugaz. A maioria
não confia no porto da amizade.
Tudo irá bem, no que concerne a isso.
Tecmessa, entra na tenda e pede aos deuses   685
que aceitem o que dita meu desejo.
Amigos, demonstrai presteza idêntica;
cuide de mim, tão logo volte, Teucro.
A vós deve estender o seu apuro.
E eu parto para onde devo ir.   690
Dai termo a tudo. Logo faz-se claro:
estou a salvo em minha desventura.

   [Ájax sai e Tecmessa entra na tenda]

CORO
Freme o prazer. Me enleva o júbilo.
Pã, Pã, ah, Pã,

ὦ Πὰν Πὰν ἁλίπλαγκτε, Κυλλανίας χιονοκτύπου 695
πετραίας ἀπὸ δειράδος
φάνηθ', ὦ θεῶν χοροποί' ἄναξ, ὅπως μοι
Νύσια Κνώσι' ὀρχήματ' αὐτοδαῆ ξυνὼν ἰάψῃς·
νῦν γὰρ ἐμοὶ μέλει χορεῦσαι. 700
Ἰκαρίων δ' ὑπὲρ πελαγέων
μολὼν ἄναξ Ἀπόλλων
ὁ Δάλιος εὔγνωστος
ἐμοὶ ξυνείη διὰ παντὸς εὔφρων. 705

ἔλυσεν αἰνὸν ἄχος ἀπ' ὀμμάτων Ἄρης.
ἰὼ ἰώ, νῦν αὖ,
νῦν, ὦ Ζεῦ, πάρα λευκὸν
εὐάμερον πελάσαι φάος
θοᾶν ὠκυάλων νεῶν, 710
ὅτ' Αἴας λαθίπονος πάλιν,
θεῶν δ' αὖ πάνθυτα θέσμι' ἐξήνυσ'
εὐνομίᾳ σέβων μεγίστᾳ.
πάνθ' ὁ μέγας χρόνος μαραίνει,
κοὐδὲν ἀναύδατον φατίσαιμ'
ἄν, εὖτέ γ' ἐξ ἀέλπτων 715
Αἴας μετανεγνώσθη
θυμοῦ τ' Ἀτρείδαις μεγάλων τε νεικέων.

ΑΓΓΕΛΟΣ
ἄνδρες φίλοι, τὸ πρῶτον ἀγγεῖλαι θέλω·
Τεῦκρος πάρεστιν ἄρτι Μυσίων ἀπὸ 720

incerto vulto oceânico, 695
deixa Cilene, colo níveo,[17]
me ensina, dançarino-mor
do Olimpo, o passo típico
de Nisa e Cnossos.[18] 700
A dança preme.
Do pélago de Ícaro,
Apolo Délio, todo-luz,
divide o ânimo propício. 705

Ares afasta a dor acerba.
Ah! Novamente, Zeus,
a branca luz do dia
pode alcançar a nau veloz,
fugaz no oceano. Próspero prenúncio. 710
Ájax esquece suas penas; logo
alterna sacrifícios, cumpre ritos,
venera à risca a lei maior.
O tempo logra tudo,
parece inexistir o nunca:
contra o previsto, Ájax 715
não mais se reconhece em seu afã;
suspende a rixa que aos Atridas move.

[Entra um mensageiro]

MENSAGEIRO
Eu trago novidades, companheiros:
Teucro chegou de Mísia, encosta íngreme. 720

---

[17] No monte Cilene da Arcádia, nasceram Hermes e seu filho, Pã.

[18] Nisa é a terra legendária onde nasceu Dioniso. A referência a Cnossos deve-se às danças executadas ali em homenagem a Zeus e a Apolo.

κρημνῶν· μέσον δὲ προσμολὼν στρατήγιον
κυδάζεται τοῖς πᾶσιν Ἀργείοις ὁμοῦ.
στείχοντα γὰρ πρόσωθεν αὐτὸν ἐν κύκλῳ
μαθόντες ἀμφέστησαν, εἶτ' ὀνείδεσιν
ἤρασσον ἔνθεν κἄνθεν οὔτις ἔσθ' ὃς οὔ, 725
τὸν τοῦ μανέντος κἀπιβουλευτοῦ στρατοῦ
ξύναιμον ἀποκαλοῦντες, ὡς οὐκ ἀρκέσοι
τὸ μὴ οὐ πέτροισι πᾶς καταξανθεὶς θανεῖν·
ὥστ' εἰς τοσοῦτον ἦλθον ὥστε καὶ χεροῖν
κολεῶν ἐρυστὰ διεπεραιώθη ξίφη. 730
λήγει δ' ἔρις δραμοῦσα τοῦ προσωτάτω
ἀνδρῶν γερόντων ἐν ξυναλλαγῇ λόγου.
ἀλλ' ἡμῖν Αἴας ποῦ 'στιν, ὡς φράσω τάδε;
τοῖς κυρίοις γὰρ πάντα χρὴ δηλοῦν λόγον.

ΧΟΡΟΣ
οὐκ ἔνδον, ἀλλὰ φροῦδος ἀρτίως, νέας 735
βουλὰς νέοισιν ἐγκαταζεύξας τρόποις.

ΑΓΓΕΛΟΣ
ἰοὺ ἰού·
βραδεῖαν ἡμᾶς ἆρ' ὁ τήνδε τὴν ὁδὸν
πέμπων ἔπεμψεν ἢ 'φάνην ἐγὼ βραδύς.

ΧΟΡΟΣ
τί δ' ἐστὶ χρείας τῆσδ' ὑπεσπανισμένον; 740

ΑΓΓΕΛΟΣ
τὸν ἄνδρ' ἀπηύδα Τεῦκρος ἔνδοθεν στέγης
μὴ 'ξω παρήκειν, πρὶν παρὼν αὐτὸς τύχῃ.

Pisando o coração do acampamento,
os argivos em bloco o insultaram.
Reconhecido ao passo que avançava,
foram formando a seu redor a roda.
De todo lado, injúrias o golpeiam: 725
"parente do rebelde, do aloucado".
Ao xingamento somam ameaças:
a pedradas, prometem abatê-lo.
Ficou tão ruim a situação que as mãos
já começavam a brandir a espada. 730
No cume da discórdia, os mais idosos
evitam o desastre com palavras.
Quero contar a Ájax. Onde está?
Os chefes devem se inteirar de tudo.

CORIFEU
Lá dentro não está. Saiu há pouco. 735
Ajusta novos planos a seus modos.

MENSAGEIRO
Ai!
Demora a me enviar quem me enviou
com o recado? A lentidão foi minha?

CORIFEU
O que ficou faltando à tua tarefa? 740

MENSAGEIRO
Não era para o herói abandonar
a tenda, antes que voltasse Teucro.

ΧΟΡΟΣ
ἀλλ' οἴχεταί τοι, πρὸς τὸ κέρδιστον τραπεὶς
γνώμης, θεοῖσιν ὡς καταλλαχθῇ χόλου.

ΑΓΓΕΛΟΣ
ταῦτ' ἐστὶ τἄπη μωρίας πολλῆς πλέα,   745
εἴπερ τι Κάλχας εὖ φρονῶν μαντεύεται.

ΧΟΡΟΣ
ποῖον; τί δ' εἰδὼς τοῦδε πράγματος πάρει;

ΑΓΓΕΛΟΣ
τοσοῦτον οἶδα καὶ παρὼν ἐτύγχανον.
ἐκ γὰρ συνέδρου καὶ τυραννικοῦ κύκλου
Κάλχας μεταστὰς οἶος Ἀτρειδῶν δίχα,   750
εἰς χεῖρα Τεύκρου δεξιὰν φιλοφρόνως
θεὶς εἶπε κἀπέσκηψε, παντοίᾳ τέχνῃ
εἶρξαι κατ' ἦμαρ τοὐμφανὲς τὸ νῦν τόδε
Αἴανθ' ὑπὸ σκηναῖσι μηδ' ἀφέντ' ἐᾶν,
εἰ ζῶντ' ἐκεῖνον εἰσιδεῖν θέλοι ποτέ.   755
ἐλᾷ γὰρ αὐτὸν τῇδε θἠμέρᾳ μόνῃ
δίας Ἀθάνας μῆνις, ὡς ἔφη λέγων.
τὰ γὰρ περισσὰ κἀνόνητα σώματα
πίπτειν βαρείαις πρὸς θεῶν δυσπραξίαις
ἔφασχ' ὁ μάντις, ὅστις ἀνθρώπου φύσιν   760
βλαστὼν ἔπειτα μὴ κατ' ἄνθρωπον φρονῇ.
κεῖνος δ' ἀπ' οἴκων εὐθὺς ἐξορμώμενος
ἄνους καλῶς λέγοντος ηὑρέθη πατρός.
ὁ μὲν γὰρ αὐτὸν ἐννέπει· τέκνον, δόρει
βούλου κρατεῖν μέν, σὺν θεῷ δ' ἀεὶ κρατεῖν.   765
ὁ δ' ὑψικόμπως κἀφρόνως ἠμείψατο·
πάτερ, θεοῖς μὲν κἂν ὁ μηδὲν ὢν ὁμοῦ

CORIFEU
Foi guiado por desígnios altos: fim
da rixa com os deuses por sua ira.

MENSAGEIRO
Se Calcas profetiza com ciência, 745
não falta estupidez a tua fala.

CORIFEU
Qual profecia? Sabes algo mais?

MENSAGEIRO
Sei o que por acaso presenciei:
depois de abandonar seu posto e o círculo
dos chefes, só, distante dos Atridas, 750
Calcas depôs a mão amiga em Teucro,
para recomendar com insistência
que sob a tenda mantivesse Ájax
no dia que ora brilha. Se quisesse
vê-lo vivo, barrasse sua saída. 755
Segundo suas palavras, hoje apenas
a cólera de Atena segue o herói.
Nem mesmo alguém gigante fica livre —
insistia o vidente — do revés
duríssimo que impõem os deuses se, 760
embora humano, evita o raciocínio.
O herói mostrou-se insano ao partir,
sem registrar o alerta de seu pai.
Dizia o velho: "Vence com a lança,
sem esquecer que te acompanha um deus". 765
Ao que ele rebateu com arrogância:
"Com os deuses, até um zero à esquerda

κράτος κατακτήσαιτ'· ἐγὼ δὲ καὶ δίχα
κείνων πέποιθα τοῦτ' ἐπισπάσειν κλέος.
τοσόνδ' ἐκόμπει μῦθον. εἶτα δεύτερον 770
δίας Ἀθάνας, ἡνίκ' ὀτρύνουσά νιν
ηὐδᾶτ' ἐπ' ἐχθροῖς χεῖρα φοινίαν τρέπειν,
τότ' ἀντιφωνεῖ δεινὸν ἄρρητόν τ' ἔπος·
ἄνασσα, τοῖς ἄλλοισιν Ἀργείων πέλας
ἵστω, καθ' ἡμᾶς δ' οὔποτ' ἐκρήξει μάχη. 775
τοιοῖσδέ τοι λόγοισιν ἀστεργῆ θεᾶς
ἐκτήσατ' ὀργήν, οὐ κατ' ἄνθρωπον φρονῶν.
ἀλλ' εἴπερ ἔστι τῇδε θἠμέρᾳ, τάχ' ἂν
γενοίμεθ' αὐτοῦ σὺν θεῷ σωτήριοι.
τοσαῦθ' ὁ μάντις εἶφ'· ὁ δ' εὐθὺς ἐξ ἕδρας 780
πέμπει με σοὶ φέροντα τάσδ' ἐπιστολὰς
Τεῦκρος φυλάσσειν. εἰ δ' ἀπεστερήμεθα,
οὐκ ἔστιν ἀνὴρ κεῖνος, εἰ Κάλχας σοφός.

ΧΟΡΟΣ
ὦ δαΐα Τέκμησσα, δύσμορον γένος,
ὅρα μολοῦσα τόνδ' ὁποῖ' ἔπη θροεῖ· 785
ξυρεῖ γὰρ ἐν χρῷ τοῦτο μὴ χαίρειν τινά.

ΤΕΚΜΗΣΣΑ
τί μ' αὖ τάλαιναν, ἀρτίως πεπαυμένην
κακῶν ἀτρύτων, ἐξ ἕδρας ἀνίστατε;

ΧΟΡΟΣ
τοῦδ' εἰσάκουε τἀνδρός, ὡς ἥκει φέρων
Αἴαντος ἡμῖν πρᾶξιν ἣν ἤλγησ' ἐγώ. 790

alcança o triunfo. Mesmo sem sua ajuda,
tenho certeza que recolho a glória".
Essa linguagem blasonava. Então, 770
aos gritos a favor que dava Atena,
senhora de suas mãos contra inimigos,
respondeu com terríveis termos ímpios:
"Deves salvar a pele de outro argivo,
pois nada rompe a linha dianteira". 775
Comprou assim a cólera divina,
deixando de pensar como ente humano.
Se ele escapa com vida neste dia,
quem sabe, com um deus, nós o salvamos.
Findou o adivinho. De seu posto, 780
Teucro não demorou a me enviar.
Quer ver cumprida a ordem. Do contrário.
perece o herói, se Calcas for um sábio.

CORIFEU
Tecmessa, criatura sem fortuna,
vem ouvir o que conta o mensageiro. 785
Não alegra ninguém com sua navalha.

[Tecmessa entra com Eurísaques]

TECMESSA
Por que vens acabar com meu descanso,
quando sentia já um certo alívio?

CORIFEU
Este homem traz notícias sobre Ájax;
o que ouvirás me enche de amargura. 790

ΤΕΚΜΗΣΣΑ
οἴμοι, τί φής, ἄνθρωπε; μῶν ὀλώλαμεν;

ΑΓΓΕΛΟΣ
οὐκ οἶδα τὴν σὴν πρᾶξιν, Αἴαντος δ' ὅτι,
θυραῖος εἴπερ ἐστίν, οὐ θαρσῶ πέρι.

ΤΕΚΜΗΣΣΑ
καὶ μὴν θυραῖος, ὥστε μ' ὠδίνειν τί φής.

ΑΓΓΕΛΟΣ
ἐκεῖνον εἴργειν Τεῦκρος ἐξεφίεται   795
σκηνῆς ὕπαυλον μηδ' ἀφιέναι μόνον.

ΤΕΚΜΗΣΣΑ
ποῦ δ' ἐστὶ Τεῦκρος, κἀπὶ τῷ λέγει τάδε;

ΑΓΓΕΛΟΣ
πάρεστ' ἐκεῖνος ἄρτι· τήνδε δ' ἔξοδον
ὀλεθρίαν Αἴαντος ἐλπίζει φέρειν.

ΤΕΚΜΗΣΣΑ
οἴμοι τάλαινα, τοῦ ποτ' ἀνθρώπων μαθών;   800

ΑΓΓΕΛΟΣ
τοῦ Θεστορείου μάντεως, καθ' ἡμέραν
τὴν νῦν, ὅτ' αὐτῷ θάνατον ἢ βίον φέρει.

ΤΕΚΜΗΣΣΑ
οἲ 'γώ, φίλοι, πρόστητ' ἀναγκαίας τύχης,
καὶ σπεύσαθ', οἱ μὲν Τεῦκρον ἐν τάχει μολεῖν,
οἱ δ' ἑσπέρους ἀγκῶνας, οἱ δ' ἀντηλίους   805

TECMESSA
Não demores! Caímos na ruína?

MENSAGEIRO
A tua situação eu desconheço;
Ájax me preocupa, estando fora.

TECMESSA
Ele saiu, por isso dói tua fala.

MENSAGEIRO
Segundo Teucro, deve ser retido   795
na tenda ou só sair acompanhado.

TECMESSA
Podes dizer por quê? Onde anda Teucro?

MENSAGEIRO
Chegou há pouco. Teme que a saída
de Ájax tenha infausto desenlace.

TECMESSA
Mas de quem ele obteve a informação?   800

MENSAGEIRO
Do arúspice, do filho de Testor.
Será de vida ou morte o dia de hoje.

TECMESSA
Livrai-me da fatalidade, amigos;
alguém traga imediatamente Teucro.
Outros, para a baía do ocidente,   805

ζητεῖτ' ἰόντες τἀνδρὸς ἔξοδον κακήν.
ἔγνωκα γὰρ δὴ φωτὸς ἠπατημένη
καὶ τῆς παλαιᾶς χάριτος ἐκβεβλημένη.
οἴμοι, τί δράσω, τέκνον; οὐχ ἱδρυτέον·
ἀλλ' εἶμι κἀγὼ κεῖσ' ὅποιπερ ἂν σθένω. 810
χωρῶμεν, ἐγκονῶμεν, οὐχ ἕδρας ἀκμὴ
σῴζειν θέλοντας ἄνδρα γ' ὃς σπεύδῃ θανεῖν.

ΧΟΡΟΣ
χωρεῖν ἕτοιμος, κοὐ λόγῳ δείξω μόνον·
τάχος γὰρ ἔργου καὶ ποδῶν ἅμ' ἕψεται,

ΑΙΑΣ
ὁ μὲν σφαγεὺς ἕστηκεν ᾗ τομώτατος 815
γένοιτ' ἄν, εἴ τῳ καὶ λογίζεσθαι σχολή·
δῶρον μὲν ἀνδρὸς Ἕκτορος ξένων ἐμοὶ
μάλιστα μισηθέντος ἐχθίστου θ' ὁρᾶν·
πέπηγε δ' ἐν γῇ πολεμίᾳ τῇ Τρῳάδι,
σιδηροβρῶτι θηγάνῃ νεηκονής· 820
ἔπηξα δ' αὐτὸν εὖ περιστείλας ἐγώ,
εὐνούστατον τῷδ' ἀνδρὶ διὰ τάχους θανεῖν.
οὕτω μὲν εὐσκευοῦμεν· ἐκ δὲ τῶνδέ μοι
σὺ πρῶτος, ὦ Ζεῦ, καὶ γὰρ εἰκός, ἄρκεσον.
αἰτήσομαι δέ σ' οὐ μακρὸν γέρας λαχεῖν. 825
πέμψον τιν' ἡμῖν ἄγγελον, κακὴν φάτιν
Τεύκρῳ φέροντα, πρῶτος ὥς με βαστάσῃ
πεπτῶτα τῷδε περὶ νεορράντῳ ξίφει,
καὶ μὴ πρὸς ἐχθρῶν του κατοπτευθεὶς πάρος
ῥιφθῶ κυσὶν πρόβλητος οἰωνοῖς θ' ἕλωρ. 830

partam, para o oriente, atrás do triste
êxodo. Agora eu sei: o herói traiu-me,
me descartou do seu antigo afeto.
Que faço, filho? Fico aqui sentada?
Irei atrás, até onde aguentar. 810
Quem sabe não espera acontecer;
queremos salvo quem se apressa à morte.

CORO
Estou pronto. Não sou dos que só falam.
Ao verbo segue a rapidez do passo.

> *[Tecmessa sai com o filho. O coro divide-se em duas partes e sai por lados opostos. Mudança de cena: Ájax aparece num campo à beira-mar]*

ÁJAX
Ereto corta mais o aço homicida; 815
que o verifique alguém com tempo livre!
Presente do meu mais odioso hóspede,
Heitor, o mais nocivo à minha vista.
Cravada em plena Troia hostil a espada,
afiou-a a pedra que corrói o ferro. 820
Eu me esmerei ao máximo ao fincá-la,
para que esteja a meu favor na morte.
Equipamento pronto. O teu auxílio
peço em primeiro, Zeus, nada é mais justo.
O meu pedido é um privilégio ínfimo: 825
com a notícia um núncio chegue a Teucro.
Que ele seja o primeiro a erguer meu corpo
em torno à espada quente derruído.
Se tiver precedência um inimigo,
viro pasto de cães, de aves rapaces. 830

τοσαῦτά σ', ὦ Ζεῦ, προστρέπω, καλῶ δ' ἅμα
πομπαῖον Ἑρμῆν χθόνιον εὖ με κοιμίσαι,
ξὺν ἀσφαδάστῳ καὶ ταχεῖ πηδήματι
πλευρὰν διαρρήξαντα τῷδε φασγάνῳ.
καλῶ δ' ἀρωγοὺς τὰς ἀεί τε παρθένους 835
ἀεί θ' ὁρώσας πάντα τἀν βροτοῖς πάθη,
σεμνὰς Ἐρινῦς τανύποδας, μαθεῖν ἐμὲ
πρὸς τῶν Ἀτρειδῶν ὡς διόλλυμαι τάλας,
καί σφας κακοὺς κάκιστα καὶ πανωλέθρους
ξυναρπάσειαν, ὥσπερ εἰσορῶσ' ἐμὲ 840
αὐτοσφαγῆ πίπτοντα, τὼς αὐτοσφαγεῖς
πρὸς τῶν φιλίστων ἐκγόνων ὀλοίατο.
ἴτ', ὦ ταχεῖαι ποίνιμοί τ' Ἐρινύες,
γεύεσθε, μὴ φείδεσθε πανδήμου στρατοῦ·
σὺ δ', ὦ τὸν αἰπὺν οὐρανὸν διφρηλατῶν 845
Ἥλιε, πατρῴαν τὴν ἐμὴν ὅταν χθόνα
ἴδῃς, ἐπισχὼν χρυσόνωτον ἡνίαν
ἄγγειλον ἄτας τὰς ἐμὰς μόρον τ' ἐμὸν
γέροντι πατρὶ τῇ τε δυστήνῳ τροφῷ.
ἦ που τάλαινα, τήνδ' ὅταν κλύῃ φάτιν, 850
ἥσει μέγαν κωκυτὸν ἐν πάσῃ πόλει.
ἀλλ' οὐδὲν ἔργον ταῦτα θρηνεῖσθαι μάτην,
ἀλλ' ἀρκτέον τὸ πρᾶγμα σὺν τάχει τινί.
ὦ Θάνατε Θάνατε, νῦν μ' ἐπίσκεψαι μολών.
καίτοι σὲ μὲν κἀκεῖ προσαυδήσω ξυνών. 855
σὲ δ', ὦ φαεννῆς ἡμέρας τὸ νῦν σέλας,
καὶ τὸν διφρευτὴν Ἥλιον προσεννέπω,
πανύστατον δὴ κοὔποτ' αὖθις ὕστερον.
ὦ φέγγος, ὦ γῆς ἱερὸν οἰκείας πέδον
Σαλαμῖνος, ὦ πατρῷον ἑστίας βάθρον 860
κλειναί τ' Ἀθῆναι καὶ τὸ σύντροφον γένος
κρῆναί τε ποταμοί θ' οἵδε, καὶ τὰ Τρωϊκὰ

Escuta, Zeus. A Hermes, condutor
das almas, peço: dá-me a paz do sono,
tão logo eu me projete sobre o gládio,
um rasgo fulminante pelo dorso.
Venerandas Erínias, pés velozes, 835
eternas virgens com eterna vista
em toda dor humana, saibam todos
como eu morri, por obra dos Atridas.
Sordidamente sumam esses sórdidos
infames. Essa minha autofagia, 840
que hoje eles admiram, seja a mesma
que lhes guardem seus filhos mais queridos.
Vinde Erínias, velozes vingadoras,
provai sem vacilar a tropa inteira.
Sol, auriga dos píncaros urânicos, 845
tão logo avistes minha terra pátria,
recolhe as rédeas-ouro e anuncia
que desenlace teve o meu desastre
à dupla que me aguarda acabrunhada.
Percutirá nas ruas grande grito, 850
tão logo minha mãe ouça a notícia.
Não é o momento de lamento inútil:
a ação exige rapidez no início.
Coloca, Morte, teu olhar em mim;
retomo a fala como teu conviva. 855
Lume atual de um dia brilhantíssimo,
Sol, condutor do carro, eu te dirijo
o meu adeus, pois não há mais futuro.
Solo sacro de minha Salamina,
claridade, lareira da família, 860
companheiros de infância, ilustre Atenas,
fontes vizinhas, rios, plainos de Troia,

πεδία προσαυδῶ, χαίρετ', ὦ τροφῆς ἐμοί·
τοῦθ' ὑμὶν Αἴας τοὔπος ὕστατον θροεῖ,
τὰ δ' ἄλλ' ἐν Ἅιδου τοῖς κάτω μυθήσομαι. 865

ΗΜΙΧΟΡΙΟΝ 1
πόνος πόνῳ πόνον φέρει.
πᾷ πᾷ
πᾷ γὰρ οὐκ ἔβαν ἐγώ;
κοὐδεὶς ἐπίσταταί με συμμαθεῖν τόπος.
ἰδού. 870
δοῦπον αὖ κλύω τινά.

ΗΜΙΧΟΡΙΟΝ 2
ἡμῶν γε ναὸς κοινόπλουν ὁμιλίαν.

ΗΜΙΧΟΡΙΟΝ 1
τί οὖν δή;

ΗΜΙΧΟΡΙΟΝ 2
πᾶν ἐστίβηται πλευρὸν ἕσπερον νεῶν

ΗΜΙΧΟΡΙΟΝ 1
ἔχεις οὖν; 875

ΗΜΙΧΟΡΙΟΝ 2
πόνου γε πλῆθος, κοὐδὲν εἰς ὄψιν πλέον.

ΗΜΙΧΟΡΙΟΝ 1
ἀλλ' οὐδὲ μὲν δὴ τὴν ἀφ' ἡλίου βολῶν
κέλευθον ἀνὴρ οὐδαμοῦ δηλοῖ φανείς.

me despeço de vosso apuro: adeus.
Ájax profere a última palavra.
As outras eu reservo aos debaixo.

[Dividido em dois grupos, o coro aparece, examinando o lugar]

SEMICORO 1
À pena a pena leva pena.
Estrada
sobre estrada.
Lugar algum revela o enigma.
Olha, olho, olha firme,
ouço agora um rumor.

SEMICORO 2
Sou eu. Fomos parceiros na viagem.

SEMICORO 1
E então?

SEMICORO 2
Cobri o lado ocidental dos barcos.

SEMICORO 1
Logo...

SEMICORO 2
Apenas pena. De concreto, nada.

SEMICORO 1
Tampouco pela rota de onde o sol
desenrola seu fogo vem o herói.

ΧΟΡΟΣ

τίς ἂν δῆτά μοι, τίς ἂν φιλοπόνων
ἁλιαδᾶν ἔχων ἀΰπνους ἄγρας, 880
ἢ τίς Ὀλυμπιάδων θεᾶν ἢ ῥυτῶν
Βοσπορίων ποταμῶν,
τὸν ὠμόθυμον εἴ ποθι
πλαζόμενον λεύσσων 885
ἀπύοι; σχέτλια γὰρ
ἐμέ γε τὸν μακρῶν ἀλάταν πόνων
οὐρίῳ μὴ πελάσαι δρόμῳ,
ἀλλ᾽ ἀμενηνὸν ἄνδρα μὴ λεύσσειν ὅπου. 890

ΤΕΚΜΗΣΣΑ
ἰώ μοί μοι.

ΧΟΡΟΣ
τίνος βοὴ πάραυλος ἐξέβη νάπους;

ΤΕΚΜΗΣΣΑ
ἰὼ τλήμων.

ΧΟΡΟΣ
τὴν δουρίληπτον δύσμορον νύμφην ὁρῶ
Τέκμησσαν, οἴκτῳ, τῷδε συγκεκραμένην. 895

ΤΕΚΜΗΣΣΑ
ᾤχωκ᾽, ὄλωλα, διαπεπόρθημαι, φίλοι.

ΧΟΡΟΣ
τί δ᾽ ἔστιν;

CORO

Algum filho do mar laborioso,
alguém? quem?,   880
insone em sua pesca,
ninfa olímpica
ou náiade que nada até o Bósforo,
viu pervagar o herói intrépido,   885
em algum ponto? Incrível!
Errante em minha longa travessia,
não me alcançou o vento favorável.
Ignoro o paradeiro do homem doente.   890

   [Grito de lamento distante]

TECMESSA
Desgraça!

CORO
Quem é dona da voz que sai do bosque?

TECMESSA
Uma infeliz.

CORO
É a presa de sua lança, a triste moça,
vejam, Tecmessa, imersa no lamento.   895

TECMESSA
Perdida, nula e destruída, amigos.

CORO
Explica!

ΤΕΚΜΗΣΣΑ
Αἴας ὅδ' ἡμῖν ἀρτίως νεοσφαγὴς
κεῖται, κρυφαίῳ φασγάνῳ περιπτυχής.

ΧΟΡΟΣ
ὤμοι ἐμῶν νόστων· 900
ὤμοι, κατέπεφνες, ἄναξ,
τόνδε συνναύταν, τάλας
ὦ ταλαίφρων γύναι·

ΤΕΚΜΗΣΣΑ
ὡς ὧδε τοῦδ' ἔχοντος αἰάζειν πάρα.

ΧΟΡΟΣ
τίνος ποτ' ἆρ' ἔπραξε χειρὶ δύσμορος; 905

ΤΕΚΜΗΣΣΑ
αὐτὸς πρὸς αὑτοῦ, δῆλον· ἐν γάρ οἱ χθονὶ
πηκτὸν τόδ' ἔγχος περιπετὲς κατηγορεῖ.

ΧΟΡΟΣ
ὤμοι ἐμᾶς ἄτας, οἷος ἄρ' αἱμάχθης,
ἄφαρκτος φίλων· 910
ἐγὼ δ' ὁ πάντα κωφός, ὁ πάντ' ἄϊδρις,
κατημέλησα. πᾷ πᾷ
κεῖται ὁ δυστράπελος,
δυσώνυμος Αἴας;

TECMESSA

Aqui ao lado jaz o nosso Ájax,
dobrado sobre sua espada oculta.

CORO

Transtorno em meu retorno. 900
Um marinheiro amigo,
rei, infeliz, mataste.
Na dor mergulha a esposa.

TECMESSA

Ei-lo; está morto. Haja ai assim![19]

CORO

Cumpriu seu plano com a própria mão? 905

TECMESSA

Não cabe levantar nenhuma dúvida:
do chão, o gládio dentro dele o acusa.

CORO

Verteste o sangue a sós,
sem a defesa amiga. 910
Eu, surdo a tudo, a tudo alheio,
falhei no meu dever.
Onde jaz o herói obstinado,
Ájax, nome de azar?

---

[19] No original, aparece o verbo grego *aiázdein*, "emitir ai", num jogo evidente com o nome do herói, *Aías* (v. nota 9); por esse motivo, o traduzi por "haja ai assim".

ΤΕΚΜΗΣΣΑ

οὔτοι θεατός· ἀλλά νιν περιπτυχεῖ 915
φάρει καλύψω τῷδε παμπήδην, ἐπεὶ
οὐδεὶς ἄν, ὅστις καὶ φίλος, τλαίη βλέπειν
φυσῶντ' ἄνω πρὸς ῥῖνας ἔκ τε φοινίας
πληγῆς μελανθὲν αἷμ' ἀπ' οἰκείας σφαγῆς. 920
οἴμοι, τί δράσω; τίς σε βαστάσει φίλων;
ποῦ Τεῦκρος; ὡς ἀκμαῖ' ἄν, εἰ βαίη, μόλοι,
πεπτῶτ' ἀδελφὸν τόνδε συγκαθαρμόσαι.
ὦ δύσμορ' Αἴας, οἷος ὢν οἵως ἔχεις,
ὡς καὶ παρ' ἐχθροῖς ἄξιος θρήνων τυχεῖν. 925

ΧΟΡΟΣ

ἔμελλες, τάλας, ἔμελλες χρόνῳ
στερεόφρων ἄρ' ἐξανύσσειν κακὰν
μοῖραν ἀπειρεσίων πόνων. τοῖά μοι
πάννυχα καὶ φαέθοντ' 930
ἀνεστέναζες ὠμόφρων
ἐχθοδόπ' Ἀτρείδαις
οὐλίῳ σὺν πάθει.
μέγας ἄρ' ἦν ἐκεῖνος ἄρχων χρόνος
πημάτων, ἦμος ἀριστόχειρ 935
< — ⏑⏑ — > ὅπλων ἔκειτ' ἀγὼν πέρι.

ΤΕΚΜΗΣΣΑ
ἰώ μοί μοι.

ΧΟΡΟΣ
χωρεῖ πρὸς ἧπαρ, οἶδα, γενναία δύη.

ΤΕΚΜΗΣΣΑ
ἰώ μοί μοι.

TECMESSA

Veto a visão. Com suas dobras, este 915
manto cubra seu corpo inteiramente.
Nem mesmo o amigo aguentaria ver
o sangue negro de seu próprio golpe,
brotando do nariz e da ferida. 920
O que farei? Que mão amiga te ergue?
Onde está Teucro? Urge que ele chegue
para ajudar a sepultar o irmão.
Quem te viu, infeliz, e quem te vê;
digno de pranto até dos inimigos. 925

CORO

Era questão de tempo, alma pétrea,
dar cabo ao mau destino
de penas sem limite.
Chegava a noite, vinha o dia, 930
descarregavas duras queixas,
a ruminar a morte,
imerso em ódio atrida.
Aquela data teve a marca
de uma tormenta: disputou-se 935
entre os melhores o armamento.

TECMESSA

Tristeza!

CORO

A dor toma o lugar do coração.

TECMESSA

Tristeza!

ΧΟΡΟΣ

οὐδέν σ' ἀπιστῶ καὶ δὶς οἰμῶξαι, γύναι, 940
τοιοῦδ' ἀποβλαφθεῖσαν ἀρτίως φίλου.

ΤΕΚΜΗΣΣΑ

σοὶ μὲν δοκεῖν ταῦτ' ἔστ', ἐμοὶ δ' ἄγαν φρονεῖν.

ΧΟΡΟΣ

ξυναυδῶ.

ΤΕΚΜΗΣΣΑ

οἴμοι, τέκνον, πρὸς οἷα δουλείας ζυγὰ
χωροῦμεν, οἷοι νῷν ἐφεστᾶσιν σκοποί. 945

ΧΟΡΟΣ

ὤμοι, ἀναλγήτων
δισσῶν ἐθρόησας ἄναυδ'
ἔργ' Ἀτρειδᾶν τῷδ' ἄχει.
ἀλλ' ἀπείργοι θεός.

ΤΕΚΜΗΣΣΑ

οὐκ ἂν τάδ' ἔστη τῇδε μὴ θεῶν μέτα. 950

ΧΟΡΟΣ

ἄγαν ὑπερβριθὲς γὰρ ἄχθος ἤνυσαν.

ΤΕΚΜΗΣΣΑ

τοιόνδε μέντοι Ζηνὸς ἡ δεινὴ θεὸς
Παλλὰς φυτεύει πῆμ' Ὀδυσσέως χάριν.

CORO

Não assombra, senhora, que redobres 940
o lamento, se o amigo está ausente.

TECMESSA

A tua conjectura é a minha prova.

CORO

Concordo.

TECMESSA

Que jugo nos aguarda, pobre filho?
Cativos de que algoz, de quem seremos? 945

CORO

O teu reclamo esboça
ações silenciosas
da dura dupla atrida:
um deus mantenha-a longe!

TECMESSA

Seria diferente sem os deuses. 950

CORO

Não nego. É excessiva a sobrecarga.

TECMESSA

Com nossa dor, Atena apavorante,
filha de Zeus, afaga Odisseu.

ΧΟΡΟΣ
ἦ ῥα κελαινώπαν θυμὸν ἐφυβρίζει 955
πολύτλας ἀνήρ,
γελᾷ δὲ τοῖσδε μαινομένοις ἄχεσιν
πολὺν γέλωτα, φεῦ φεῦ,
ξύν τε διπλοῖ βασιλῆς
κλύοντες Ἀτρεῖδαι. 960

ΤΕΚΜΗΣΣΑ
οἱ δ' οὖν γελώντων κἀπιχαιρόντων κακοῖς
τοῖς τοῦδ'· ἴσως τοι, κεἰ βλέποντα μὴ 'πόθουν,
θανόντ' ἂν οἰμώξειαν ἐν χρείᾳ δορός.
οἱ γὰρ κακοὶ γνώμαισι τἀγαθὸν χεροῖν
ἔχοντες οὐκ ἴσασι, πρίν τις ἐκβάλῃ. 965
ἐμοὶ πικρὸς τέθνηκεν ἢ κείνοις γλυκύς,
αὑτῷ δὲ τερπνός· ὧν γὰρ ἠράσθη τυχεῖν
ἐκτήσαθ' αὑτῷ, θάνατον ὅνπερ ἤθελεν.
τί δῆτα τοῦδ' ἐπεγγελῷεν ἂν κάτα;
θεοῖς τέθνηκεν οὗτος, οὐ κείνοισιν, οὔ. 970
πρὸς ταῦτ' Ὀδυσσεὺς ἐν κενοῖς ὑβριζέτω.
Αἴας γὰρ αὐτοῖς οὐκέτ' ἐστίν, ἀλλ' ἐμοὶ
λιπὼν ἀνίας καὶ γόους διοίχεται.

ΤΕΥΚΡΟΣ
ἰώ μοί μοι.

ΧΟΡΟΣ
σίγησον· αὐδὴν γὰρ δοκῶ Τεύκρου κλύειν 975
βοῶντος ἄτης τῆσδ' ἐπίσκοπον μέλος.

CORO

Negror no coração, 955
transborda o tipo audaz.
Escancara a risada
à demência doída.
Com ele regozija
a dupla-chefe atrida. 960

TECMESSA

Perdure o riso, se avolume o júbilo.
Embora o desprezassem quando vivo,
lamentarão a ausência de seu gládio.
Quem tem visão estreita só é capaz
de avaliar o bem depois que o perde. 965
Só amargura ganho com sua morte,
eles, alívio; o próprio autor, prazer:
nenhuma outra morte tinha em mente.
Por que se dão ao luxo de rir dele?
Seu fim somente tem a ver com deuses. 970
Diante disso, Odisseu se jacta em vão.
Ájax é um mal passado para eles,
enquanto a dor se estende em meu lamento.

[Tecmessa volta à tenda. Ouve-se o lamento de Teucro]

TEUCRO

Ai!

CORIFEU

Silêncio! Creio ouvir a voz de Teucro, 975
que ante a desgraça entoa um pranto próprio.

ΤΕΥΚΡΟΣ
ὦ φίλτατ' Αἴας, ὦ ξύναιμον ὄμμ' ἐμοί,
ἆρ' ἠμπόληκας, ὥσπερ ἡ φάτις κρατεῖ;

ΧΟΡΟΣ
ὄλωλεν ἀνήρ, Τεῦκρε, τοῦτ' ἐπίστασο.

ΤΕΥΚΡΟΣ
ὤμοι βαρείας ἆρα τῆς ἐμῆς τύχης. 980

ΧΟΡΟΣ
ὡς ὧδ' ἐχόντων

ΤΕΥΚΡΟΣ
    ὦ τάλας ἐγώ, τάλας.

ΧΟΡΟΣ
πάρα στενάζειν.

ΤΕΥΚΡΟΣ
    ὦ περισπερχὲς πάθος.

ΧΟΡΟΣ
ἄγαν γε, Τεῦκρε.

ΤΕΥΚΡΟΣ
    φεῦ τάλας· τί γὰρ τέκνον
τὸ τοῦδε, ποῦ μοι γῆς κυρεῖ τῆς Τρῳάδος;

ΧΟΡΟΣ
μόνος παρὰ σκηναῖσιν.

TEUCRO
Meu caríssimo Ájax! Olho aliado,
teu estado dá crédito às versões?

CORO
O herói morreu. Põe isso na cabeça.

TEUCRO
Ai! Como pesa a minha desventura! 980

CORO
Sendo assim...

TEUCRO
        Desgraça!

CORO
... faz sentido o teu lamento.

TEUCRO
              Arrasa-me esta dor.

CORO
É compreensível, Teucro.

TEUCRO
           O que foi feito de seu filho?
Em que lugar de Troia o encontro?

CORO
Está sozinho, junto à tenda.

ΤΕΥΚΡΟΣ
οὐχ ὅσον τάχος 985
δῆτ᾽ αὐτὸν ἄξεις δεῦρο, μή τις ὡς κενῆς
σκύμνον λεαίνης δυσμενῶν ἀναρπάσῃ;
ἴθ᾽, ἐγκόνει, σύγκαμνε· τοῖς θανοῦσί τοι
φιλοῦσι πάντες κειμένοις ἐπεγγελᾶν.

ΧΟΡΟΣ
καὶ μὴν ἔτι ζῶν, Τεῦκρε, τοῦδέ σοι μέλειν 990
ἐφίεθ᾽ ἀνὴρ κεῖνος, ὥσπερ οὖν μέλει.

ΤΕΥΚΡΟΣ
ὦ τῶν ἁπάντων δὴ θεαμάτων ἐμοὶ
ἄλγιστον ὧν προσεῖδον ὀφθαλμοῖς ἐγώ,
ὁδός θ᾽ ὁδῶν πασῶν ἀνιάσασα δὴ
μάλιστα τοὐμὸν σπλάγχνον, ἣν δὴ νῦν ἔβην. 995
ὦ φίλτατ᾽ Αἴας, τὸν σὸν ὡς ἐπῃσθόμην
μόρον διώκων κἀξιχνοσκοπούμενος.
ὀξεῖα γάρ σου βάξις ὡς θεοῦ τινος
διῆλθ᾽ Ἀχαιοὺς πάντας ὡς οἴχει θανών.
ἁγὼ κλύων δύστηνος ἐκποδὼν μὲν ὢν 1000
ὑπεστέναζον, νῦν δ᾽ ὁρῶν ἀπόλλυμαι.
οἴμοι.
ἴθ᾽, ἐκκάλυψον, ὡς ἴδω τὸ πᾶν κακόν.
ὦ δυσθέατον ὄμμα καὶ τόλμης πικρᾶς,
ὅσας ἀνίας μοι κατασπείρας φθίνεις. 1005
ποῖ γὰρ μολεῖν μοι δυνατόν, εἰς ποίους βροτούς,
τοῖς σοῖς ἀρήξαντ᾽ ἐν πόνοισι μηδαμοῦ;
ἦ πού με Τελαμών, σὸς πατὴρ ἐμός θ᾽ ἅμα,
δέξαιτ᾽ ἂν εὐπρόσωπος ἵλεώς τ᾽ ἴσως
χωροῦντ᾽ ἄνευ σοῦ. πῶς γὰρ οὔχ; ὅτῳ πάρα 1010
μηδ᾽ εὐτυχοῦντι μηδὲν ἥδιον γελᾶν.

TEUCRO

                    Traze-o logo.   985
Ou queres vê-lo em mãos de gente má,
como um leão pequeno abandonado?
Por que tanta demora? Frente ao corpo
que jaz a maioria explode em riso.

CORO

Em vida, Teucro, o herói solicitava   990
que cuidasses do filho, como fazes.

TEUCRO

Nenhuma cena que meus olhos viram
me foi tão dolorida quanto esta.
De todas as viagens, caro Ájax,
esta me trouxe um desespero inédito,   995
tão logo me informei do teu destino,
trilhando palmo a palmo o teu caminho.
Com rapidez divina, entre os aqueus,
se espalhou a notícia de tua morte.
E eu chorava à distância ao escutá-la;   1000
agora em tua presença me aniquilo.
Ai!
Tira o véu! Quero ver toda a catástrofe.
Aterra o teu olhar pela ousadia;
semeias com a morte amargo ônus.   1005
Como posso encarar alguém de novo,
se estive ausente enquanto mais sofrias?
Quiçá — direi: por certo? — Telamôn
me acolha, nosso pai, chegando eu só.
Imprevisível! Mesmo quando a sorte   1010
o favorece, economiza o riso.

οὗτος τί κρύψει; ποῖον οὐχ ἐρεῖ κακὸν
τὸν ἐκ δορὸς γεγῶτα πολεμίου νόθον,
τὸν δειλίᾳ προδόντα καὶ κακανδρίᾳ
σέ, φίλτατ' Αἴας, ἢ δόλοισιν, ὡς τὰ σὰ   1015
κράτη θανόντος καὶ δόμους νέμοιμι σούς.
τοιαῦτ' ἀνὴρ δύσοργος, ἐν γήρᾳ βαρύς,
ἐρεῖ, πρὸς οὐδὲν εἰς ἔριν θυμούμενος.
τέλος δ' ἀπωστὸς γῆς ἀπορριφθήσομαι,
δοῦλος λόγοισιν ἀντ' ἐλευθέρου φανείς.   1020
τοιαῦτα μὲν κατ' οἶκον· ἐν Τροίᾳ δέ μοι
πολλοὶ μὲν ἐχθροί, παῦρα δ' ὠφελήσιμα.
καὶ ταῦτα πάντα σοῦ θανόντος ηὑρόμην.
οἴμοι, τί δράσω; πῶς σ' ἀποσπάσω πικροῦ·
τοῦδ' αἰόλου κνώδοντος, ὦ τάλας, ὑφ' οὗ   1025
φονέως ἄρ' ἐξέπνευσας; εἶδες ὡς χρόνῳ
ἔμελλέ σ' Ἕκτωρ καὶ θανὼν ἀποφθίσειν;
σκέψασθε, πρὸς θεῶν, τὴν τύχην δυοῖν βροτοῖν.
Ἕκτωρ μέν, ᾧ δὴ τοῦδ' ἐδωρήθη πάρα,
ζωστῆρι πρισθεὶς ἱππικῶν ἐξ ἀντύγων   1030
ἐκνάπτετ' αἰέν, ἔστ' ἀπέψυξεν βίον·
οὗτος δ' ἐκείνου τήνδε δωρεὰν ἔχων
πρὸς τοῦδ' ὄλωλε θανασίμῳ πεσήματι.
ἆρ' οὐκ Ἐρινὺς τοῦτ' ἐχάλκευσεν ξίφος
κἀκεῖνον Ἅιδης, δημιουργὸς ἄγριος;   1035
ἐγὼ μὲν οὖν καὶ ταῦτα καὶ τὰ πάντ' ἀεὶ
φάσκοιμ' ἂν ἀνθρώποισι μηχανᾶν θεούς·
ὅτῳ δὲ μὴ τάδ' ἐστὶν ἐν γνώμῃ φίλα,
κεῖνός τ' ἐκεῖνα στεργέτω κἀγὼ τάδε.

O que não me arremete contra as costas,
bastardo de uma vítima do gládio?
Qual o motivo da traição? Temor,
covardia, estratégia, para herdar,   1015
caríssimo, teu mando, teus palácios?
Assim me acusará, acerbo, irado
na velhice. Seu sangue ferve à toa.
E eu, expulso de minha própria pátria,
ouço o rumor: não passa de um escravo.   1020
É o que me espera em casa. Sem apoio,
a maioria é contra mim em Troia.
Foi isso o que eu ganhei com tua morte.
Como arrancar teu corpo deste fino
dente brilhante sob o qual expiras?   1025
Com o passar do tempo, o falecido
Heitor te derrubou. Previas isso?
Considerai a sorte dos dois homens:
preso na lateral da carruagem
pelo cinto que lhe ofertara Ájax,   1030
Heitor foi fustigado até a morte.[20]
O herói, com o presente recebido
dele, morreu, de um golpe fulminante.
Não foi a Erínia quem forjou a lâmina,
e aquele cinto, Hades, rude artífice?   1035
Por tal motivo afirmo que os olímpicos
maquinam sempre tudo, e não só isso.
E quem não valoriza um tal juízo,
cultive o seu; não abro mão do meu.

---

[20] Na *Ilíada* (XXII, 395 ss.), o herói troiano Heitor é morto e arrastado por Aquiles.

ΧΟΡΟΣ

μὴ τεῖνε μακράν, ἀλλ' ὅπως κρύψεις τάφῳ 1040
φράζου τὸν ἄνδρα χὦ τι μυθήσει τάχα.
βλέπω γὰρ ἐχθρὸν φῶτα, καὶ τάχ' ἂν κακοῖς
γελῶν ἃ δὴ κακοῦργος ἐξίκοιτ' ἀνήρ.

ΤΕΥΚΡΟΣ

τίς δ' ἐστὶν ὅντιν' ἄνδρα προσλεύσσεις στρατοῦ;

ΧΟΡΟΣ

Μενέλαος, ᾧ δὴ τόνδε πλοῦν ἐστείλαμεν. 1045

ΤΕΥΚΡΟΣ

ὁρῶ· μαθεῖν γὰρ ἐγγὺς ὢν οὐ δυσπετής.

ΜΕΝΕΛΑΟΣ

οὗτος, σὲ φωνῶ τόνδε τὸν νεκρὸν χεροῖν
μὴ συγκομίζειν, ἀλλ' ἐᾶν ὅπως ἔχει.

ΤΕΥΚΡΟΣ

τίνος χάριν τοσόνδ' ἀνήλωσας λόγον;

ΜΕΝΕΛΑΟΣ

δοκοῦντ' ἐμοί, δοκοῦντα δ' ὃς κραίνει στρατοῦ. 1050

[*Menelau se aproxima*]

CORIFEU

Não prolongues o tempo. Pensa o modo 1040
de sepultar o herói e o que dirás,
pois vejo um inimigo. Agente mau,
virá sorrir do mal que nos afunda?

TEUCRO

Mas quem é o militar que se aproxima?

CORIFEU

Por quem alçamos vela, Menelau.²¹ 1045

TEUCRO

Sim, já não é difícil distingui-lo.

MENELAU

Pode parar! Não toques no cadáver.
Deves deixá-lo como está agora.

TEUCRO

Por que razão gastar todo esse verbo?

MENELAU

Eu decidi, do lado de quem manda. 1050

---

²¹ O texto grego diz literalmente: "Menelau, por quem preparamos esta expedição marítima". Traduzi o verbo pela expressão "alçamos vela" devido à relação *Menélaos/esteilamen* ("preparamos").

ΤΕΥΚΡΟΣ

οὔκουν ἂν εἴποις ἥντιν' αἰτίαν προθείς;

ΜΕΝΕΛΑΟΣ

ὁθούνεκ' αὐτὸν ἐλπίσαντες οἴκοθεν
ἄγειν Ἀχαιοῖς ξύμμαχόν τε καὶ φίλον,
ἐξηύρομεν ζητοῦντες ἐχθίω Φρυγῶν·
ὅστις στρατῷ ξύμπαντι βουλεύσας φόνον   1055
νύκτωρ ἐπεστράτευσεν, ὡς ἕλοι δόρει·
κεἰ μὴ θεῶν τις τήνδε πεῖραν ἔσβεσεν,
ἡμεῖς μὲν ἂν τήνδ' ἣν ὅδ' εἴληχεν τύχην
θανόντες ἂν προυκείμεθ' αἰσχίστῳ μόρῳ,
οὗτος δ' ἂν ἔζη. νῦν δ' ἐνήλλαξεν θεὸς   1060
τὴν τοῦδ' ὕβριν πρὸς μῆλα καὶ ποίμνας πεσεῖν.
ὧν εἴνεκ' αὐτὸν οὔτις ἔστ' ἀνὴρ σθένων
τοσοῦτον ὥστε σῶμα τυμβεῦσαι τάφῳ,
ἀλλ' ἀμφὶ χλωρὰν ψάμαθον ἐκβεβλημένος
ὄρνισι φορβὴ παραλίοις γενήσεται.   1065
πρὸς ταῦτα μηδὲν δεινὸν ἐξάρῃς μένος.
εἰ γὰρ βλέποντος μὴ 'δυνήθημεν κρατεῖν,
πάντως θανόντος γ' ἄρξομεν, κἂν μὴ θέλῃς,
χερσὶν παρευθύνοντες· οὐ γὰρ ἔσθ' ὅπου
λόγων γ' ἀκοῦσαι ζῶν ποτ' ἠθέλησ' ἐμῶν.   1070
καίτοι κακοῦ πρὸς ἀνδρὸς ὄντα δημότην
μηδὲν δικαιοῦν τῶν ἐφεστώτων κλύειν.
οὐ γάρ ποτ' οὔτ' ἂν ἐν πόλει νόμοι καλῶς
φέροιντ' ἄν, ἔνθα μὴ καθεστήκῃ δέος,
οὔτ' ἂν στρατός γε σωφρόνως ἄρχοιτ' ἔτι,   1075
μηδὲν φόβου πρόβλημα μηδ' αἰδοῦς ἔχων.
ἀλλ' ἄνδρα χρή, κἂν σῶμα γεννήσῃ μέγα,
δοκεῖν πεσεῖν ἂν κἂν ἀπὸ σμικροῦ κακοῦ.
δέος γὰρ ᾧ πρόσεστιν αἰσχύνη θ' ὁμοῦ,

TEUCRO
Esclarece-me ao menos o motivo.

MENELAU
Acreditamos ter ao nosso lado
um aliado aqueu, longe da pátria,
e ele se revelou pior que os frígios.
Querendo massacrar todo o exército,	1055
armou campanha à noite, lança em riste.
Se um deus não apagasse aquele plano,
teríamos o fim de que foi vítima.
Deitados na vergonha da ruína,
e ele vivo. Um deus porém desvia	1060
para o rebanho a sua truculência.
Há de nascer alguém com suficiente
força para enterrá-lo numa tumba.
Lançado o corpo em plena areia parda,
os pássaros marinhos cuidem dele.	1065
Desaconselho a explosão de ira.
Incapazes de controlá-lo em vida,
dominaremos sobre ele morto.
Não conta tua vontade; é o que faremos.
Ao que eu falava nunca deu ouvidos.	1070
É praxe do homem mau dizer que o homem
comum não deva obedecer aos chefes.
Jamais a lei traria benefício
à cidade se não houvesse o medo,
nem a tropa seria conduzida,	1075
sem a ação do temor e do respeito.
Nem mesmo o musculoso escapa ileso
da queda no mais simples contratempo.
Quem não despreza o medo e o pudor,

σωτηρίαν ἔχοντα τόνδ' ἐπίστασο· 1080
ὅπου δ' ὑβρίζειν δρᾶν θ' ἃ βούλεται παρῇ,
ταύτην νόμιζε τὴν πόλιν χρόνῳ ποτὲ
ἐξ οὐρίων δραμοῦσαν εἰς βυθὸν πεσεῖν.
ἀλλ' ἑστάτω μοι καὶ δέος τι καίριον,
καὶ μὴ δοκῶμεν δρῶντες ἂν ἡδώμεθα 1085
οὐκ ἀντιτίσειν αὖθις ἂν λυπώμεθα.
ἕρπει παραλλὰξ ταῦτα. πρόσθεν οὗτος ἦν
αἴθων ὑβριστής, νῦν δ' ἐγὼ μέγ' αὖ φρονῶ.
καί σοι προφωνῶ τόνδε μὴ θάπτειν, ὅπως
μὴ τόνδε θάπτων αὐτὸς εἰς ταφὰς πέσῃς. 1090

ΧΟΡΟΣ
Μενέλαε, μὴ γνώμας ὑποστήσας σοφὰς
εἶτ' αὐτὸς ἐν θανοῦσιν ὑβριστὴς γένῃ.

ΤΕΥΚΡΟΣ
οὐκ ἄν ποτ', ἄνδρες, ἄνδρα θαυμάσαιμ' ἔτι,
ὃς μηδὲν ὢν γοναῖσιν εἶθ' ἁμαρτάνει,
ὅθ' οἱ δοκοῦντες εὐγενεῖς πεφυκέναι 1095
τοιαῦθ' ἁμαρτάνουσιν ἐν λόγοις ἔπη·
ἄγ' εἴπ' ἀπ' ἀρχῆς αὖθις, ἦ σὺ φῂς ἄγειν
τόνδ' ἄνδρ' Ἀχαιοῖς δεῦρο σύμμαχον λαβών;
οὐκ αὐτὸς ἐξέπλευσεν ὡς αὑτοῦ κρατῶν;

para esse há saída, esteja certo.
Mesmo que a mova a brisa favorável,
com o tempo, a cidade cai no abismo,
se reina a insolência e o livre-arbítrio.
Que a dose de temor em mim perdure:
se no fazer pensamos no prazer,
a conta vem com juros do sofrer.²²
Houve alternância: a truculência de Ájax
ardia; hoje dominam meus desígnios.
E tu estás proibido de enterrá-lo;
cavas a própria tumba se o sepultas.

CORO
Não manches tua fala equilibrada,
mostrando destempero com os mortos.

TEUCRO
Não estranho, senhores, que algum homem
sem linhagem cometa seus deslizes,
quando alguém aparentemente nobre
comete tais deslizes na linguagem.
Retomo os fatos: dizes que trouxeste
o herói como um aliado dos aqueus.
Não içou vela por vontade própria?

---

²² Convém lembrar que Menelau era rei de Esparta, famosa por sua intrepidez bélica. A tradução literal deste verso e do anterior é: "não imaginemos, fazendo o que nos dá prazer, que não pagaremos em seguida com o que nos faz sofrer". O paralelismo, sublinhado pelo próprio autor no verso seguinte (*parallaks*), ocorre também a nível formal, com a colocação dos verbos *hedómetha* ("sentimos prazer") e *lypómetha* ("sofremos") no final dos dois versos, mantidos, como substantivos, na tradução.

ποῦ σὺ στρατηγεῖς τοῦδε; ποῦ δὲ σοὶ λεὼν 1100
ἔξεστ' ἀνάσσειν ὧν ὅδ' ἤγαγ' οἴκοθεν;
Σπάρτης ἀνάσσων ἦλθες, οὐχ ἡμῶν κρατῶν·
οὐδ' ἔσθ' ὅπου σοὶ τόνδε κοσμῆσαι πλέον
ἀρχῆς ἔκειτο θεσμὸς ἢ καὶ τῷδε σέ.
ὕπαρχος ἄλλων δεῦρ' ἔπλευσας, οὐχ ὅλων 1105
στρατηγός, ὥστ' Αἴαντος ἡγεῖσθαί ποτε.
ἀλλ' ὧνπερ ἄρχεις ἄρχε καὶ τὰ σέμν' ἔπη
κόλαζ' ἐκείνους· τόνδε δ', εἴτε μὴ σὺ φῂς
εἴθ' ἅτερος στρατηγός, εἰς ταφὰς ἐγὼ
θήσω δικαίως, οὐ τὸ σὸν δείσας στόμα. 1110
οὐ γάρ τι τῆς σῆς εἵνεκ' ἐστρατεύσατο
γυναικός, ὥσπερ οἱ πόνου πολλοῦ πλέῳ,
ἀλλ' εἵνεχ' ὅρκων οἷσιν ἦν ἐνώμοτος,
σοῦ δ' οὐδέν· οὐ γὰρ ἠξίου τοὺς μηδένας.
πρὸς ταῦτα πλείους δεῦρο κήρυκας λαβὼν 1115
καὶ τὸν στρατηγὸν ἧκε, τοῦ δὲ σοῦ ψόφου
οὐκ ἂν στραφείην, ἕως ἂν ᾖς οἷός περ εἶ.

ΧΟΡΟΣ
οὐδ' αὖ τοιαύτην γλῶσσαν ἐν κακοῖς φιλῶ·
τὰ σκληρὰ γάρ τοι, κἂν ὑπέρδικ' ᾖ, δάκνει.

ΜΕΝΕΛΑΟΣ
ὁ τοξότης ἔοικεν οὐ σμικρὸν φρονεῖν. 1120

ΤΕΥΚΡΟΣ
οὐ γὰρ βάναυσον τὴν τέχνην ἐκτησάμην.

ΜΕΝΕΛΑΟΣ
μέγ' ἄν τι κομπάσειας, ἀσπίδ' εἰ λάβοις.

Mandaste nele? Tens algum direito
sobre a tropa que ouvia seu comando?
Desembarcaste como rei de Esparta,
não como nosso chefe. Lei alguma
deu poder sobre ele ou vice-versa.
Chegaste aqui obedecendo outros,
não como chefe-mor, acima de Ájax.
Manda em teus comandados. Contra eles
e mais ninguém vomita os impropérios.
Teu veto ou de outro líder não me impede
de dar-lhe enterro justo. Não me assustas.
Não foi por tua mulher que fez campanha,
como teus mercenários humilhados,
nem por ti, mas devido a um juramento:
jamais ele estimou homens de nada.
Vai. Recorre aos demais arautos, traze
o comandante em chefe. Embora sejas
quem és, os teus ruídos não me abalam.

CORIFEU
Esse tom não condiz com a desgraça.
Termos rudes, embora justos, mordem.

MENELAU
Parece que o arqueiro está inflado.

TEUCRO
Não é vulgar a arte que eu domino.

MENELAU
Serias arrogante com o escudo.

ΤΕΥΚΡΟΣ
κἂν ψιλὸς ἀρκέσαιμι σοί γ' ὡπλισμένῳ.

ΜΕΝΕΛΑΟΣ
ἡ γλῶσσά σου τὸν θυμὸν ὡς δεινὸν τρέφει.

ΤΕΥΚΡΟΣ
ξὺν τῷ δικαίῳ γὰρ μέγ' ἔξεστιν φρονεῖν. 1125

ΜΕΝΕΛΑΟΣ
δίκαια γὰρ τόνδ' εὐτυχεῖν κτείναντά με;

ΤΕΥΚΡΟΣ
κτείναντα; δεινόν γ' εἶπας, εἰ καὶ ζῇς θανών.

ΜΕΝΕΛΑΟΣ
θεὸς γὰρ ἐκσῴζει με, τῷδε δ' οἴχομαι.

ΤΕΥΚΡΟΣ
μή νυν ἀτίμα θεούς, θεοῖς σεσωσμένος.

ΜΕΝΕΛΑΟΣ
ἐγὼ γὰρ ἂν ψέξαιμι δαιμόνων νόμους; 1130

ΤΕΥΚΡΟΣ
εἰ τοὺς θανόντας οὐκ ἐᾷς θάπτειν παρών.

ΜΕΝΕΛΑΟΣ
τούς γ' αὐτὸς αὑτοῦ πολεμίους. οὐ γὰρ καλόν.

TEUCRO

Com mãos livres, te enfrento mesmo armado.

MENELAU

A cólera alimenta a tua língua.

TEUCRO

Eu ouso pensar grande com o justo.   1125

MENELAU

É justo dar guarida a quem me mata?

TEUCRO

Matar? Incrível! És um morto vivo.

MENELAU

Salvou-me um deus. Por Ájax, morreria.

TEUCRO

Salvo por deuses, deuses não ofendas.

MENELAU

Em que estou desprezando leis divinas?   1130

TEUCRO

Impedindo que os mortos tenham tumba.

MENELAU

Erras; somente os mortos inimigos.

ΤΕΥΚΡΟΣ
ἦ σοὶ γὰρ Αἴας πολέμιος προύστη ποτέ;

ΜΕΝΕΛΑΟΣ
μισοῦντ' ἐμίσει· καὶ σὺ τοῦτ' ἠπίστασο.

ΤΕΥΚΡΟΣ
κλέπτης γὰρ αὐτοῦ ψηφοποιὸς ηὑρέθης. 1135

ΜΕΝΕΛΑΟΣ
ἐν τοῖς δικασταῖς, κοὐκ ἐμοί, τόδ' ἐσφάλη.

ΤΕΥΚΡΟΣ
πόλλ' ἂν κακῶς λάθρᾳ σὺ κλέψειας κακά.

ΜΕΝΕΛΑΟΣ
τοῦτ' εἰς ἀνίαν τοὔπος ἔρχεταί τινι.

ΤΕΥΚΡΟΣ
οὐ μᾶλλον, ὡς ἔοικεν, ἢ λυπήσομεν.

ΜΕΝΕΛΑΟΣ
ἕν σοι φράσω· τόνδ' ἐστὶν οὐχὶ θαπτέον. 1140

ΤΕΥΚΡΟΣ
ἀλλ' ἀντακούσει τοῦτον ὡς τεθάψεται.

ΜΕΝΕΛΑΟΣ
ἤδη ποτ' εἶδον ἄνδρ' ἐγὼ γλώσσῃ θρασὺν
ναύτας ἐφορμήσαντα χειμῶνος τὸ πλεῖν,
ᾧ φθέγμ' ἂν οὐκ ἂν ηὗρες, ἡνίκ' ἐν κακῷ
χειμῶνος εἶχετ', ἀλλ' ὑφ' εἵματος κρυφεὶς 1145

TEUCRO
Mas Ájax te atacou alguma vez?

MENELAU
Bem sabes: nosso ódio era mútuo.

TEUCRO
Foste pego, fraudando contra ele. 1135

MENELAU
Se houve falha, foi culpa dos juízes.

TEUCRO
Teu forte é maquinar às escondidas.

MENELAU
Pode custar bem caro tua palavra.

TEUCRO
Não tanto quanto a dor que eu te reservo.

MENELAU
Bato na mesma tecla: não o enterres. 1140

TEUCRO
E eu me repito: em breve o enterrarei.

MENELAU
Eu conheci um tipo bom de língua,
fazia entrar os nautas na tormenta.
Contudo, no pior momento, sua
fala se emudecia. Sob a lona, 1145

πατεῖν παρεῖχε τῷ θέλοντι ναυτίλων.
οὕτω δὲ καὶ σὲ καὶ τὸ σὸν λάβρον στόμα
σμικροῦ νέφους τάχ᾽ ἄν τις ἐκπνεύσας μέγας
χειμὼν κατασβέσειε τὴν πολλὴν βοήν.

ΤΕΥΚΡΟΣ
ἐγὼ δέ γ᾽ ἄνδρ᾽ ὄπωπα μωρίας πλέων, 1150
ὃς ἐν κακοῖς ὕβριζε τοῖσι τῶν πέλας.
κᾆτ᾽ αὐτὸν εἰσιδών τις ἐμφερὴς ἐμοὶ
ὀργήν θ᾽ ὅμοιος εἶπε τοιοῦτον λόγον·
ὤνθρωπε, μὴ δρᾶ τοὺς τεθνηκότας κακῶς·
εἰ γὰρ ποήσεις, ἴσθι πημανούμενος. 1155
τοιαῦτ᾽ ἄνολβον ἄνδρ᾽ ἐνουθέτει παρών.
ὁρῶ δέ τοί νιν, κἄστιν, ὡς ἐμοὶ δοκεῖ,
οὐδείς ποτ᾽ ἄλλος ἢ σύ. μῶν ᾐνιξάμην;

ΜΕΝΕΛΑΟΣ
ἄπειμι· καὶ γὰρ αἰσχρόν, εἰ πύθοιτό τις
λόγοις κολάζειν ᾧ βιάζεσθαι πάρα. 1160

ΤΕΥΚΡΟΣ
ἄφερπέ νυν· κἀμοὶ γὰρ αἴσχιστον κλύειν
ἀνδρὸς ματαίου φλαῦρ᾽ ἔπη μυθουμένου.

ΧΟΡΟΣ
ἔσται μεγάλης ἔριδός τις ἀγών.
ἀλλ᾽ ὡς δύνασαι, Τεῦκρε, ταχύνας
σπεῦσον κοίλην κάπετόν τιν᾽ ἰδεῖν 1165
τῷδ᾽, ἔνθα βροτοῖς τὸν ἀείμνηστον
τάφον εὐρώεντα καθέξει.

ele aceitava os pés dos marinheiros.
No que concerne ao fel de tua língua,
o temporal armado pela nuvem
mínima afogaria tua saliva.

TEUCRO
E eu sei de um tipo totalmente estúpido, 1150
que insultava seus pares no infortúnio.
Ao vê-lo, uma pessoa do meu porte
e caráter profere estas palavras:
"Homem, por que desrespeitar os mortos?
Agindo assim, serás punido em dobro." 1155
Dessa forma alertava o desgraçado.
E eu o vejo, e não é, segundo creio,
ninguém mais senão tu. Profiro enigmas?

MENELAU
Eu parto. Uma vergonha alguém saber
que agrido com palavra um braço fraco. 1160

TEUCRO
Vai. Para mim seria uma vergonha
ouvir tanta bobagem de um estulto.

[Sai Menelau]

CORO
Posso prever a grave rixa.
Depressa, Teucro. A cova funda
demanda providências rápidas. 1165
Não fugirá da mente humana
seu túmulo, na terra úmida.

ΤΕΥΚΡΟΣ

καὶ μὴν ἐς αὐτὸν καιρὸν οἴδε πλησίοι
πάρεισιν ἀνδρὸς τοῦδε παῖς τε καὶ γυνή,
τάφον περιστελοῦντε δυστήνου νεκροῦ. 1170
ὦ παῖ, πρόσελθε δεῦρο καὶ σταθεὶς πέλας
ἱκέτης ἔφαψαι πατρός, ὅς σ' ἐγείνατο.
θάκει δὲ προστρόπαιος ἐν χεροῖν ἔχων
κόμας ἐμὰς καὶ τῆσδε καὶ σαυτοῦ τρίτου,
ἱκτήριον θησαυρόν. εἰ δέ τις στρατοῦ 1175
βίᾳ σ' ἀποσπάσειε τοῦδε τοῦ νεκροῦ,
κακὸς κακῶς ἄθαπτος ἐκπέσοι χθονός,
γένους ἅπαντος ῥίζαν ἐξημημένος,
αὕτως ὅπωσπερ τόνδ' ἐγὼ τέμνω πλόκον.
ἔχ' αὐτόν, ὦ παῖ, καὶ φύλασσε, μηδέ σε 1180
κινησάτω τις, ἀλλὰ προσπεσὼν ἔχου.
ὑμεῖς τε μὴ γυναῖκες ἀντ' ἀνδρῶν πέλας
παρέστατ', ἀλλ' ἀρήγετ', ἔστ' ἐγὼ μολὼν
τάφου μεληθῶ τῷδε, κἂν μηδεὶς ἐᾷ.

ΧΟΡΟΣ

τίς ἄρα νέατος ἐς πότε λήξει
πολυπλάγκτων ἐτέων ἀριθμός, 1185
τὰν ἄπαυστον αἰὲν ἐμοὶ δορυσσοήτων
μόχθων ἄταν ἐπάγων
ἂν τὰν εὐρώδεα Τρωΐαν, 1190
δύστανον ὄνειδος Ἑλλάνων;

ὄφελε πρότερον αἰθέρα δῦναι
μέγαν ἢ τὸν πολύκοινον Ἅιδαν

[Entram Tecmessa e Eurísaques]

TEUCRO
Eis que o filho do herói, com sua mãe,
já se aproxima oportunamente.
A seu encargo estão as honras fúnebres. 1170
Vem cá, menino, ocupa teu espaço,
toca quem te gerou com mãos de súplica.
Ajoelha, oferece as minhas mechas,
então as dela e as tuas em terceiro,
tesouro de quem roga. Se um soldado 1175
violento desrespeita o teu direito,
o miserável miseravelmente
há de morrer, sem teto, desterrado.
Qual este cacho acabará sua raça.
Pega, menino, guarda-o bem contigo; 1180
não te importunem. Frente ao corpo, curva-te.
Ficais na retaguarda como fêmeas?
Dai cobertura a ele até que eu volte;
cuido da tumba, mesmo contra o mundo.

[Teucro sai]

CORO
Refeito em novas contas,
há número que encerre 1185
tantos anos da ruína
que extenua minha lança
na Troia de amplas vias, 1190
funesta afronta aos gregos?

Que o ar aberto ou o Hades,
reino comunitário, antes

κεῖνος ἀνήρ, ὃς στυγερῶν ἔδειξεν ὅπλων
Ἕλλασιν κοινὸν Ἄρη. 1195
ἰὼ πόνοι πρόγονοι πόνων·
κεῖνος γὰρ ἔπερσεν ἀνθρώπους.

ἐκεῖνος οὔτε στεφάνων
οὔτε βαθεῖαν κυλίκων 1200
νεῖμεν ἐμοὶ τέρψιν ὁμιλεῖν,
οὔτε γλυκὺν αὐλῶν ὄτοβον, δύσμορος,
οὔτ' ἐννυχίαν τέρψιν ἰαύειν.
ἐρώτων δ' ἐρώτων ἀπέπαυσεν, ὤμοι. 1205
κεῖμαι δ', ἀμέριμνος οὕτως,
ἀεὶ πυκιναῖς δρόσοις
τεγγόμενος κόμας,
λυγρᾶς μνήματα Τροίας. 1210

καὶ πρὶν μὲν αἰὲν νυχίου
δείματος ἦν μοι προβολὰ
καὶ βελέων θούριος Αἴας·
νῦν δ' οὗτος ἀνεῖται στυγερῷ δαίμονι·
τίς μοι, τίς ἔτ' οὖν τέρψις ἐπέσται; 1215
γενοίμαν ἵν' ὑλᾶεν ἔπεστι πόντου
πρόβλημ' ἁλίκλυστον, ἄκραν
ὑπὸ πλάκα Σουνίου, 1220
τὰς ἱερὰς ὅπως
προσείποιμεν Ἀθάνας.

engolira quem aos gregos
trouxe a guerra e as armas execráveis.   1195
Pena que em pena se replena:
foi quem levou à perda os homens.

Negou-me a flor do diadema,
o brinde de uma copa funda,   1200
o doce trinado das flautas,
o sono suave de uma noite.
Frustra o amor.
Sim, o amor.   1205
No vazio do relento,
o orvalho denso
penetra meus cabelos:
recordação de Troia, a triste.   1210

Contra o pavor da noite,
contra os dardos, eu tinha
um muro à frente: o afã
de Ájax, agora entregue
ao demo do azar. Resta-me   1215
algum prazer? Quem dera
estar no cabo onde o mar rebenta,
sob o arvoredo,   1220
ao pé do altivo Súnio,[23]
e enfim saudar Atenas, sacrossanta.

[*Entra Teucro, seguido por Agamêmnon*]

---

[23] Promontório no sudeste da Ática.

ΤΕΥΚΡΟΣ

καὶ μὴν ἰδὼν ἔσπευσα τὸν στρατηλάτην
Ἀγαμέμνον' ἡμῖν δεῦρο τόνδ' ὁρμώμενον·
δῆλος δέ μοὐστὶ σκαιὸν ἐκλύσων στόμα. 1225

ΑΓΑΜΕΜΝΩΝ

σὲ δὴ τὰ δεινὰ ῥήματ' ἀγγέλλουσί μοι
τλῆναι καθ' ἡμῶν ὧδ' ἀνοιμωκτὶ χανεῖν;
σέ τοι, τὸν ἐκ τῆς αἰχμαλωτίδος λέγω,
ἦ που τραφεὶς ἂν μητρὸς εὐγενοῦς ἄπο
ὑψήλ' ἐκόμπεις κἀπ' ἄκρων ὡδοιπόρεις, 1230
ὅτ' οὐδὲν ὢν τοῦ μηδὲν ἀντέστης ὕπερ,
κοὔτε στρατηγοὺς οὔτε ναυάρχους μολεῖν
ἡμᾶς Ἀχαιῶν οὐδὲ σοῦ διωμόσω
ἀλλ' αὐτὸς ἄρχων, ὡς σὺ φῄς, Αἴας ἔπλει.
ταῦτ' οὐκ ἀκούειν μεγάλα πρὸς δούλων κακά; 1235
ποίου κέκραγας ἀνδρὸς ὧδ' ὑπέρφρονα;
ποῖ βάντος ἢ ποῦ στάντος οὗπερ οὐκ ἐγώ;
οὐκ ἆρ' Ἀχαιοῖς ἄνδρες εἰσὶ πλὴν ὅδε;
πικροὺς ἔοιγμεν τῶν Ἀχιλλείων ὅπλων
ἀγῶνας Ἀργείοισι κηρῦξαι τότε, 1240
εἰ πανταχοῦ φανούμεθ' ἐκ Τεύκρου κακοί,
κοὐκ ἀρκέσει ποθ' ὑμῖν οὐδ' ἡσσημένοις
εἴκειν ἃ τοῖς πολλοῖσιν ἤρεσκεν κριταῖς,
ἀλλ' αἰὲν ἡμᾶς ἢ κακοῖς βαλεῖτέ που
ἢ σὺν δόλῳ κεντήσεθ' οἱ λελειμμένοι. 1245
ἐκ τῶνδε μέντοι τῶν τρόπων οὐκ ἄν ποτε
κατάστασις γένοιτ' ἂν οὐδενὸς νόμου,
εἰ τοὺς δίκῃ νικῶντας ἐξωθήσομεν
καὶ τοὺς ὄπισθεν εἰς τὸ πρόσθεν ἄξομεν.
ἀλλ' εἰρκτέον τάδ' ἐστίν· οὐ γὰρ οἱ πλατεῖς 1250
οὐδ' εὐρύνωτοι φῶτες ἀσφαλέστατοι,

TEUCRO

Vim às pressas ao ver o comandante,
Agamêmnon, correndo para cá.
Logo escancara sua boca azeda. 1225

AGAMÊMNON

Urraste — me disseram — termos rudes
contra nós sem qualquer constrangimento.
Falo contigo, filho de uma escrava.
Se em tua mãe corresse sangue nobre,
despejarias teu orgulho do alto; 1230
homem de nada, lutas por um nada,
dizendo um não redondo a quem comanda:
generais e almirantes de ninguém.
Afirmas que Ájax era chefe autônomo.
Não é uma afronta dar ouvido a escravos? 1235
Quem merece teu grito presunçoso?
Ele esteve onde antes não estive?
Não há homem aqueu, exceto ele?
Amarga decisão pôr em disputa
o armamento de Aquiles, entre argivos: 1240
na avaliação de Teucro somos crápulas.
Negar a decisão da maioria
dos juízes não basta aos vencidos.
Se o chão lhes falta, vêm cuspir o fel,
ou afiar a língua às escondidas. 1245
Seguindo tal procedimento, nunca
nenhuma lei teria algum valor,
se expulsarmos quem vence com justiça
e colocarmos em primeiro os últimos.
Repudiaremos isso. Os mais fortes 1250
não são os que passeiam ombros largos,

ἀλλ' οἱ φρονοῦντες εὖ κρατοῦσι πανταχοῦ.
μέγας δὲ πλευρὰ βοῦς ὑπὸ σμικρᾶς ὅμως
μάστιγος ὀρθὸς εἰς ὁδὸν πορεύεται.
καὶ σοὶ προσέρπον τοῦτ' ἐγὼ τὸ φάρμακον   1255
ὁρῶ τάχ', εἰ μὴ νοῦν κατακτήσει τινά·
ὃς ἀνδρὸς οὐκέτ' ὄντος, ἀλλ' ἤδη σκιᾶς,
θαρσῶν ὑβρίζεις κἀξελευθεροστομεῖς.
οὐ σωφρονήσεις; οὐ μαθὼν ὃς εἶ φύσιν
ἄλλον τιν' ἄξεις ἄνδρα δεῦρ' ἐλεύθερον,   1260
ὅστις πρὸς ἡμᾶς ἀντὶ σοῦ λέξει τὰ σά;
σοῦ γὰρ λέγοντος οὐκέτ' ἂν μάθοιμ' ἐγώ·
τὴν βάρβαρον γὰρ γλῶσσαν οὐκ ἐπαΐω.

ΧΟΡΟΣ
εἴθ' ὑμὶν ἀμφοῖν νοῦς γένοιτο σωφρονεῖν·
τούτου γὰρ οὐδὲν σφῷν ἔχω λῷον φράσαι.   1265

ΤΕΥΚΡΟΣ
φεῦ· τοῦ θανόντος ὡς ταχεῖά τις βροτοῖς
χάρις διαρρεῖ καὶ προδοῦσ' ἁλίσκεται,
εἰ σοῦ γ' ὅδ' ἀνὴρ οὐδ' ἐπὶ σμικρῶν λόγων,
Αἴας, ἔτ' ἴσχει μνῆστιν, οὗ σὺ πολλάκις
τὴν σὴν προτείνων προύκαμες ψυχὴν δόρει.   1270
ἀλλ' οἴχεται δὴ πάντα ταῦτ' ἐρριμμένα.
ὦ πολλὰ λέξας ἄρτι κἀνόητ' ἔπη,
οὐ μνημονεύεις οὐκέτ' οὐδέν, ἡνίκα
ἑρκέων ποθ' ὑμᾶς οὗτος ἐγκεκλημένους,
ἤδη τὸ μηδὲν ὄντας, ἐν τροπῇ δορὸς   1275

mas aqueles que observam a razão.
Para um boi de costado gigantesco,
um chicote pequeno é suficiente.
Esse remédio vai te convencer,   1255
se não vingar um pouco de juízo.
O herói não vive mais, é apenas sombra,
e em tua audácia, agrides, sendo escravo.
Não pensas? Conhecendo a própria origem,
necessitas trazer um homem livre,   1260
que em teu lugar, por ti, defenda a causa.[24]
Pois não registro nada quando falas:
não sou versado no idioma bárbaro.

CORO
Pudesse eu ver a dupla moderar-se!
Nada mais poderia desejar.   1265

TEUCRO
Como desaparece logo o apreço
por um morto, mudado em traição!
Este homem já não lembra, nobre Ájax,
uma palavra a teu favor. Pensar
que te esgotaste com frequência, expondo   1270
a vida à lança. Todo feito acaba
numa ilusão. Proferidor de asneiras,
não te recordas mais daquela vez
em que vós, prisioneiros das muralhas,
entes do nada, as lanças já em fuga,   1275

---

[24] Outra atualização realizada por Sófocles, desta vez, de um procedimento jurídico. Em sua época, em Atenas, o testemunho de um escravo só era válido se referendado por seu senhor.

ἐρρύσατ' ἐλθὼν μοῦνος, ἀμφὶ μὲν νεῶν
ἄκροισιν ἤδη ναυτικοῖς ἐδωλίοις
πυρὸς φλέγοντος, εἰς δὲ ναυτικὰ σκάφη
πηδῶντος ἄρδην Ἕκτορος τάφρων ὕπερ;
τίς ταῦτ' ἀπεῖρξεν; οὐχ ὅδ' ἦν ὁ δρῶν τάδε, 1280
ὃν οὐδαμοῦ φῄς, οὗ σὺ μή, βῆναι ποδί;
ἆρ' ὑμὶν οὗτος ταῦτ' ἔδρασεν ἔνδικα;
χὤτ' αὖθις αὐτὸς Ἕκτορος μόνος μόνου
λαχών τε κἀκέλευστος ἦλθ' ἐναντίος,
οὐ δραπέτην τὸν κλῆρον ἐς μέσον καθείς, 1285
ὑγρᾶς ἀρούρας βῶλον, ἀλλ' ὃς εὐλόφου
κυνῆς ἔμελλε πρῶτος ἅλμα κουφιεῖν;
ὅδ' ἦν ὁ πράσσων ταῦτα, σὺν δ' ἐγὼ παρών,
ὁ δοῦλος, οὐκ τῆς βαρβάρου μητρὸς γεγώς.
δύστηνε, ποῖ βλέπων ποτ' αὐτὰ καὶ θροεῖς; 1290
οὐκ οἶσθα σοῦ πατρὸς μὲν ὃς προύφυ πατὴρ
ἀρχαῖον ὄντα Πέλοπα βάρβαρον Φρύγα;
Ἀτρέα δ', ὃς αὖ σ' ἔσπειρε δυσσεβέστατον,
προθέντ' ἀδελφῷ δεῖπνον οἰκείων τέκνων;
αὐτὸς δὲ μητρὸς ἐξέφυς Κρήσσης, ἐφ' ᾗ 1295
λαβὼν ἐπακτὸν ἄνδρ' ὁ φιτύσας πατὴρ
ἐφῆκεν ἐλλοῖς ἰχθύσιν διαφθοράν.

ele a sós vos salvou, enquanto o fogo
já incendiava as laterais dos bancos
dos remeiros, Heitor ameaçando
o casco, prestes a saltar o fosso?
Quem o impediu? Foi ele, cujos pés, 1280
afirmas, nunca foram páreo aos teus!
Não fez jus a seu nome agindo assim?
E quando, sem ninguém mandar, sorteado,
foi contra Heitor, sozinho, os dois a sós,
sem lançar mão do voto fugitivo, 1285
torrão de barro, mas do que boiasse
à flor do capacete cheio d'água?[25]
Sim, foi o que ele fez, e junto dele,
eu, o rebento escravo de uma bárbara.
Safado! Em que tu pensas quando falas? 1290
Ignoras por acaso: o velho Pélops,
bárbaro frígio, foi pai de teu pai;
quanto a teu pai, Atreu, serviu ao irmão
os próprios filhos num banquete ímpio.[26]
Já tua mãe, cretense, ao ser flagrada 1295
por teu pai com um homem estrangeiro,
morreu na boca de um cardume mudo.

---

[25] Os guerreiros colocavam no capacete um κλῆρος (*kleros*), pequeno pedaço de madeira ou pedra que os identificava durante o sorteio. O objeto de barro se dissolveria no processo de escolha. Em sua edição crítica da peça (*The Plays of Sophocles*, Leiden, Brill, 1953), J. C. Kamerbeek acredita ser uma alusão ao sorteio ocorrido entre os herdeiros de Aristodemo, de cujos filhos gêmeos não se sabia qual era o primogênito.

[26] A história da rivalidade entre os dois irmãos, Atreu e Tieste, pelo poder em Micenas é bastante complexa. Sófocles refere-se aqui à passagem em que Atreu se vinga do irmão, amante de sua mulher, servindo-lhe os filhos num banquete, ao final do qual lhe mostra os braços e as pernas das vítimas.

τοιοῦτος ὢν τοιῷδ' ὀνειδίζεις σποράν;
ὃς ἐκ πατρὸς μέν εἰμι Τελαμῶνος γεγώς,
ὅστις στρατοῦ τὰ πρῶτ' ἀριστεύσας ἐμὴν 1300
ἴσχει ξύνευνον μητέρ', ἣ φύσει μὲν ἦν
βασίλεια, Λαομέδοντος· ἔκκριτον δέ νιν
δώρημα κείνῳ 'δωκεν Ἀλκμήνης γόνος.
ἆρ' ὧδ' ἄριστος ἐξ ἀριστέοιν δυοῖν
βλαστὼν ἂν αἰσχύνοιμι τοὺς πρὸς αἵματος, 1305
οὓς νῦν σὺ τοιοῖσδ' ἐν πόνοισι κειμένους
ὠθεῖς ἀθάπτους, οὐδ' ἐπαισχύνει λέγων;
εὖ νυν τόδ' ἴσθι, τοῦτον εἰ βαλεῖτέ που,
βαλεῖτε χἠμᾶς τρεῖς ὁμοῦ συγκειμένους.
ἐπεὶ καλόν μοι τοῦδ' ὑπερπονουμένῳ 1310
θανεῖν προδήλως μᾶλλον ἢ τῆς σῆς ὑπὲρ
γυναικός, ἢ τοῦ σοῦ γ' ὁμαίμονος λέγω;
πρὸς ταῦθ' ὅρα μὴ τοὐμόν, ἀλλὰ καὶ τὸ σόν·
ὡς εἴ με πημανεῖς τι, βουλήσει ποτὲ
καὶ δειλὸς εἶναι μᾶλλον ἢ 'ν ἐμοὶ θρασύς. 1315

ΧΟΡΟΣ
ἄναξ, Ὀδυσσεῦ, καιρὸν ἴσθ' ἐληλυθώς,
εἰ μὴ ξυνάψων, ἀλλὰ συλλύσων πάρει.

ΟΔΥΣΣΕΥΣ
τί δ' ἔστιν, ἄνδρες; τηλόθεν γὰρ ᾐσθόμην
βοὴν Ἀτρειδῶν τῷδ' ἐπ' ἀλκίμῳ νεκρῷ.

ΑΓΑΜΕΜΝΩΝ
οὐ γὰρ κλύοντές ἐσμεν αἰσχίστους λόγους, 1320
ἄναξ Ὀδυσσεῦ, τοῦδ' ὑπ' ἀνδρὸς ἀρτίως;

E ainda vens insultar a minha origem?
Meu pai é Telamôn. Ninguém ficou
à sua frente no exército. Por isso 1300
recebeu minha mãe, uma rainha,
filha de Laomedonte. Coube a Héracles,
filho de Alcmena, dar-lhe o prêmio máximo.
E eu, um nobre, gerado por dois nobres,
como desonraria meu parente? 1305
Caído na mais triste desventura,
queres vê-lo insepulto? Sem vergonha!
Deves saber que se o refugas, junto
dele refugarás nós três sem vida.
Para mim é mais belo agonizar 1310
em sua defesa que por tua mulher,
pela de teu irmão, melhor dizendo.
Não só por mim, por ti deves olhar,
ou há de vir o dia em que lamentes:
"melhor teria sido a covardia". 1315

[Entra Odisseu]

CORIFEU
Chegas no instante exato, Odisseu,
caso não venhas complicar as coisas.

ODISSEU
O que sucede? Longe eu pude ouvir
a algazarra em redor do bravo morto.

AGAMÊMNON
Acabamos de ouvir a fala porca 1320
deste elemento torpe, Odisseu!

ΟΔΥΣΣΕΥΣ

ποίους; ἐγὼ γὰρ ἀνδρὶ συγγνώμην ἔχω
κλύοντι φλαῦρα συμβαλεῖν ἔπη κακά.

ΑΓΑΜΕΜΝΩΝ

ἤκουσεν αἰσχρά· δρῶν γὰρ ἦν τοιαῦτά με.

ΟΔΥΣΣΕΥΣ

τί γάρ σ' ἔδρασεν, ὥστε καὶ βλάβην ἔχειν; 1325

ΑΓΑΜΕΜΝΩΝ

οὔ φησ' ἐάσειν τόνδε τὸν νεκρὸν ταφῆς
ἄμοιρον, ἀλλὰ πρὸς βίαν θάψειν ἐμοῦ.

ΟΔΥΣΣΕΥΣ

ἔξεστιν οὖν εἰπόντι τἀληθῆ φίλῳ
σοὶ μηδὲν ἧσσον ἢ πάρος ξυνηρετεῖν;

ΑΓΑΜΕΜΝΩΝ

εἴπ'· ἦ γὰρ εἴην οὐκ ἂν εὖ φρονῶν, ἐπεὶ 1330
φίλον σ' ἐγὼ μέγιστον Ἀργείων νέμω.

ΟΔΥΣΣΕΥΣ

ἄκουέ νυν. τὸν ἄνδρα τόνδε πρὸς θεῶν
μὴ τλῇς ἄθαπτον ὧδ' ἀναλγήτως βαλεῖν·
μηδ' ἡ βία σε μηδαμῶς νικησάτω
τοσόνδε μισεῖν ὥστε τὴν δίκην πατεῖν. 1335
κἀμοὶ γὰρ ἦν ποθ' οὗτος ἔχθιστος στρατοῦ,
ἐξ οὗ 'κράτησα τῶν Ἀχιλλείων ὅπλων,
ἀλλ' αὐτὸν ἔμπας ὄντ' ἐγὼ τοιόνδ' ἐμοὶ
οὐκ ἀντατιμάσαιμ' ἄν, ὥστε μὴ λέγειν
ἕν' ἄνδρ' ἰδεῖν ἄριστον Ἀργείων, ὅσοι 1340

ODISSEU
Qual? Merece total aprovação
quem responde os insultos com grossuras.

AGAMÊMNON
Retribuí apenas sua afronta.

ODISSEU
O que ele fez? Causou-te algum prejuízo? 1325

AGAMÊMNON
Diz que não deixa o morto sem sepulcro,
mas que o enterra, mesmo que eu me oponha.

ODISSEU
A amizade, não é o que está em jogo,
quando um amigo ao outro abre o peito?

AGAMÊMNON
Fala. Seria totalmente tolo, 1330
calando meu melhor amigo argivo.

ODISSEU
Então ouve. Não ouses, pelos deuses,
tratar como refugo este homem morto.
De ti não se assenhore a truculência:
tal ódio pisaria na justiça. 1335
Na tropa, foi meu pior antagonista,
depois que coube a mim o armamento
de Aquiles. Apesar da adversidade,
não posso retribuir sua desonra
mudando os fatos: foi o mais valente 1340

Τροίαν ἀφικόμεσθα, πλὴν Ἀχιλλέως.
ὥστ' οὐκ ἂν ἐνδίκως γ' ἀτιμάζοιτό σοι·
οὐ γάρ τι τοῦτον, ἀλλὰ τοὺς θεῶν νόμους
φθείροις ἄν. ἄνδρα δ' οὐ δίκαιον, εἰ θάνοι,
βλάπτειν τὸν ἐσθλόν, οὐδ' ἐὰν μισῶν κυρῇς. 1345

ΑΓΑΜΕΜΝΩΝ
σὺ ταῦτ', Ὀδυσσεῦ, τοῦδ' ὑπερμαχεῖς ἐμοί;

ΟΔΥΣΣΕΥΣ
ἔγωγ'· ἐμίσουν δ', ἡνίκ' ἦν μισεῖν καλόν.

ΑΓΑΜΕΜΝΩΝ
οὐ γὰρ θανόντι καὶ προσεμβῆναί σε χρή;

ΟΔΥΣΣΕΥΣ
μὴ χαῖρ', Ἀτρείδη, κέρδεσιν τοῖς μὴ καλοῖς.

ΑΓΑΜΕΜΝΩΝ
τόν τοι τύραννον εὐσεβεῖν οὐ ῥᾴδιον. 1350

ΟΔΥΣΣΕΥΣ
ἀλλ' εὖ λέγουσι τοῖς φίλοις τιμὰς νέμειν.

ΑΓΑΜΕΜΝΩΝ
κλύειν τὸν ἐσθλὸν ἄνδρα χρὴ τῶν ἐν τέλει.

ΟΔΥΣΣΕΥΣ
παῦσαι· κρατεῖς τοι τῶν φίλων νικώμενος.

ΑΓΑΜΕΜΝΩΝ
μέμνησ' ὁποίῳ φωτὶ τὴν χάριν δίδως.

dos que vieram a Troia, fora Aquiles.
Não tiras sua honra com justiça.
Tu não o destruirias, mas as leis
divinas. Humilhar um nobre morto
não será justo mesmo quando o odeies. 1345

AGAMÊMNON
Tomas partido dele, contra mim?

ODISSEU
Eu o odiei enquanto coube o ódio.

AGAMÊMNON
Também não cabe a ti pisar no morto?

ODISSEU
Atrida, não te alegre o ganho vil.

AGAMÊMNON
A piedade maltrata o soberano. 1350

ODISSEU
Mas o conselho amigo não maltrata.

AGAMÊMNON
Quem tem princípio deve ouvir os chefes.

ODISSEU
Terás o mando, ainda que te dobres.

AGAMÊMNON
Recorda a quem concedes teu favor.

ΟΔΥΣΣΕΥΣ
ὅδ' ἐχθρὸς ἀνήρ, ἀλλὰ γενναῖός ποτ' ἦν. 1355

ΑΓΑΜΕΜΝΩΝ
τί ποτε ποήσεις; ἐχθρὸν ὧδ' αἰδεῖ νέκυν;

ΟΔΥΣΣΕΥΣ
νικᾷ γὰρ ἀρετή με τῆς ἔχθρας πολύ.

ΑΓΑΜΕΜΝΩΝ
τοιοίδε μέντοι φῶτες ἔμπληκτοι βροτῶν.

ΟΔΥΣΣΕΥΣ
ἦ κάρτα πολλοὶ νῦν φίλοι καὖθις πικροί.

ΑΓΑΜΕΜΝΩΝ
τοιούσδ' ἐπαινεῖς δῆτα σὺ κτᾶσθαι φίλους; 1360

ΟΔΥΣΣΕΥΣ
σκληρὰν ἐπαινεῖν οὐ φιλῶ ψυχὴν ἐγώ.

ΑΓΑΜΕΜΝΩΝ
ἡμᾶς σὺ δειλοὺς τῇδε θἠμέρᾳ φανεῖς.

ΟΔΥΣΣΕΥΣ
ἄνδρας μὲν οὖν Ἕλλησι πᾶσιν ἐνδίκους.

ΑΓΑΜΕΜΝΩΝ
ἄνωγας οὖν με τὸν νεκρὸν θάπτειν ἐᾶν;

ΟΔΥΣΣΕΥΣ
ἔγωγε· καὶ γὰρ αὐτὸς ἐνθάδ' ἵξομαι. 1365

ODISSEU
Inimigo, mas tinha fibra nobre. 1355

AGAMÊMNON
Louvas tanto um cadáver inimigo?

ODISSEU
Virtude conta mais que a inimizade.

AGAMÊMNON
Constância não é marca desses homens.

ODISSEU
Amigos fiéis por vezes vertem fel.

AGAMÊMNON
Aprovas a amizade dessa gente? 1360

ODISSEU
Desaprovo louvar a mente dura.

AGAMÊMNON
Me fazes parecer um homem vil.

ODISSEU
Não há ninguém mais justo entre os helenos.

AGAMÊMNON
Me aconselhas deixar que enterre o morto?

ODISSEU
Eu mesmo chegarei um dia a isso. 1365

ΑΓΑΜΕΜΝΩΝ
ἦ πάνθ' ὅμοια πᾶς ἀνὴρ αὑτῷ πονεῖ.

ΟΔΥΣΣΕΥΣ
τῷ γάρ με μᾶλλον εἰκὸς ἢ 'μαυτῷ πονεῖν;

ΑΓΑΜΕΜΝΩΝ
σὸν ἆρα τοὔργον, οὐκ ἐμὸν κεκλήσεται.

ΟΔΥΣΣΕΥΣ
ὡς ἂν ποήσῃς, πανταχῇ χρηστός γ' ἔσει.

ΑΓΑΜΕΜΝΩΝ
ἀλλ' εὖ γε μέντοι τοῦτ' ἐπίστασ' ὡς ἐγὼ   1370
σοὶ μὲν νέμοιμ' ἂν τῆσδε καὶ μείζω χάριν,
οὗτος δὲ κἀκεῖ κἀνθάδ' ὢν ἔμοιγ' ὁμῶς
ἔχθιστος ἔσται· σοὶ δὲ δρᾶν ἔξεσθ' ἃ χρῇς.

ΧΟΡΟΣ
ὅστις σ', Ὀδυσσεῦ, μὴ λέγει γνώμῃ σοφὸν
φῦναι, τοιοῦτον ὄντα, μῶρός ἐστ' ἀνήρ.   1375

ΟΔΥΣΣΕΥΣ
καὶ νῦν γε Τεύκρῳ τἀπὸ τοῦδ' ἀγγέλλομαι,
ὅσον τότ' ἐχθρὸς ἦ, τοσόνδ' εἶναι φίλος.
καὶ τὸν θανόντα τόνδε συνθάπτειν θέλω
καὶ ξυμπονεῖν καὶ μηδὲν ἐλλείπειν ὅσων
χρὴ τοῖς ἀρίστοις ἀνδράσιν πονεῖν βροτούς.   1380

AGAMÊMNON
Sempre igual: cada qual olha por si.

ODISSEU
Por quem mais devo olhar senão por mim?

AGAMÊMNON
Esse ato leva apenas teu aval.

ODISSEU
Jamais falha em nobreza um ato teu.

AGAMÊMNON
O favor que eu te presto agora é bem   1370
menor do que mereces. Lembra isso.
Meu ódio mais profundo cai sobre Ájax,
no Hades ou aqui. Termina o caso.

[Sai Agamêmnon]

CORIFEU
Será um néscio, Odisseu, quem negue
que a retidão governa o teu juízo.   1375

ODISSEU
Quero contar a Teucro que em lugar
da inimizade trago o meu apreço.
Almejo sepultar com ele o morto,
cumprir à risca todos os encargos
previstos para homens de quilate.   1380

ΤΕΥΚΡΟΣ

ἄριστ' Ὀδυσσεῦ, πάντ' ἔχω σ' ἐπαινέσαι
λόγοισι, καί μ' ἔψευσας ἐλπίδος πολύ.
τούτῳ γὰρ ὢν ἔχθιστος Ἀργείων ἀνὴρ
μόνος παρέστης χερσίν, οὐδ' ἔτλης παρὼν
θανόντι τῷδε ζῶν ἐφυβρίσαι μέγα,   1385
ὡς ὁ στρατηγὸς οὑπιβρόντητος μολὼν
αὐτός τε χὠ ξύναιμος ἠθελησάτην
λωβητὸν αὐτὸν ἐκβαλεῖν ταφῆς ἄτερ.
τοιγάρ σφ' Ὀλύμπου τοῦδ' ὁ πρεσβεύων πατὴρ
μνήμων τ' Ἐρινὺς καὶ τελεσφόρος Δίκη   1390
κακοὺς κακῶς φθείρειαν, ὥσπερ ἤθελον
τὸν ἄνδρα λώβαις ἐκβαλεῖν ἀναξίως.
σὲ δ', ὦ γεραιοῦ σπέρμα Λαέρτου πατρός,
τάφου μὲν ὀκνῶ τοῦδ' ἐπιψαύειν ἐᾶν,
μὴ τῷ θανόντι τοῦτο δυσχερὲς ποιῶ·   1395
τὰ δ' ἄλλα καὶ ξύμπρασσε, κεἴ τινα στρατοῦ
θέλεις κομίζειν, οὐδὲν ἄλγος ἕξομεν.
ἐγὼ δὲ τἄλλα πάντα πορσυνῶ· σὺ δὲ
ἀνὴρ καθ' ἡμᾶς ἐσθλὸς ὢν ἐπίστασο.

ΟΔΥΣΣΕΥΣ

ἀλλ' ἤθελον μέν· εἰ δὲ μή 'στί σοι φίλον   1400
πράσσειν τάδ' ἡμᾶς, εἶμ' ἐπαινέσας τὸ σόν.

ΤΕΥΚΡΟΣ

ἅλις· ἤδη γὰρ πολὺς ἐκτέταται
χρόνος. ἀλλ' οἱ μὲν κοίλην κάπετον
χερσὶ ταχύνατε, τοὶ δ' ὑψίβατον
τρίποδ' ἀμφίπυρον λουτρῶν ὁσίων   1405
θέσθ' ἐπίκαιρον·

TEUCRO

Acolhe o meu louvor, homem de estirpe,
pois desmentiste minha expectativa.
Ninguém foi mais odiado entre os argivos,
e só tua mão se ergue a meu favor.
Ao contrário do chefe trovejante, 1385
disseste não à humilhação do morto.
Maltratado, sem túmulo, ele quis,
— e também seu irmão — vê-lo ao relento.
Que Zeus, mestre do céu, Erínia, de ótima
memória, além da vingadora Dike, 1390
perfidamente acabem com os pérfidos,
como o refugo que eles vislumbravam.
Mas eu hesito, filho de Laerte,
em te deixar tocar na sepultura,
pois isso desagradaria o morto. 1395
Participa do resto; se quiseres,
com meu apoio, traze outro guerreiro.
Preparo tudo o que é preciso. Sabe
que nós te reputamos homem raro.

ODISSEU

Expus o meu desejo. Mas não parto 1400
contrafeito, se a ajuda não é cara.

[Sai Odisseu]

TEUCRO

Basta! Já passou tempo em demasia.
Alguns de nós preparem uma fossa
funda; providenciem uma trípoda
alta, com fogo a seu redor, seguindo 1405
os ritos de lavagem. Tragam outros

μία δ' ἐκ κλισίας ἀνδρῶν ἴλη
τὸν ὑπασπίδιον κόσμον φερέτω.
παῖ, σὺ δὲ πατρός γ', ὅσον ἰσχύεις,
φιλότητι θιγὼν πλευρὰς σὺν ἐμοὶ 1410
τάσδ' ἐπικούφιζ'· ἔτι γὰρ θερμαὶ
σύριγγες ἄνω φυσῶσι μέλαν
μένος. ἀλλ' ἄγε πᾶς, φίλος ὅστις ἀνὴρ
φησὶ παρεῖναι, σούσθω, βάτω,
τῷδ' ἀνδρὶ πονῶν τῷ πάντ' ἀγαθῷ 1415
κοὐδενί πω λῴονι θνητῶν
Αἴαντος, ὅτ' ἦν, τότε φωνῶ.

ΧΟΡΟΣ
ἦ πολλὰ βροτοῖς ἔστιν ἰδοῦσιν
γνῶναι· πρὶν ἰδεῖν δ' οὐδεὶς μάντις
τῶν μελλόντων, ὅ τι πράξει. 1420

para fora da tenda o armamento
coberto pelo escudo.
Garoto, emprega toda tua força,
apoia terno os flancos do teu pai,   1410
ergue-o comigo. Sua narina ainda
expele o sangue negro.
Vamos. Todos que dizem:
"sou seu amigo" — rápido! —,
em prol de um homem ímpar.   1415
Nenhum mortal o superou:
falo do herói, enquanto vivo.

CORO
Aos mortais é possível conhecer
diversas coisas com a vista. Mas,
do seu porvir, ninguém é adivinho.   1420

A morte de Ájax

Trajano Vieira

> Ajax is loved. I mean it. He is loved.
> Not just for physical magnificence
> (The eyelets on his mesh like runway lights)
> But this: no Greek — including Thetis' son —
> Contains a heart so brave, so resolute, so true,
> As this gigantic lord from Salamis.
>
> Christopher Logue

No canto XI da *Odisseia*, Odisseu reencontra seus velhos companheiros no mundo dos mortos. Elpenor pede que seus atos de bravura sejam reconhecidos em Ítaca. Agamêmnon lembra a traição de Clitemnestra. Aquiles lamenta seu estado de impotência e pergunta sobre os feitos do filho, Neoptólemo. Apenas uma alma permanece arredia, indiferente à libação: a de Ájax. Constrangido, Odisseu tenta desfazer o clima de animosidade que reina entre ambos. Arrepende-se de ter disputado com ele as armas de Aquiles, num duelo julgado, entre outros, por sua protetora, Atena. Entretanto, Ájax desaparece sem proferir uma só palavra.

Ájax é um dos heróis mais intrigantes da literatura grega. Apesar de Homero e Sófocles considerarem-no o maior guerreiro depois de Aquiles, ele teve, como se afirmou, "um único episódio distintivo em sua vida": a própria morte.[1] Seu duelo contra Heitor no canto VII da *Ilíada*, por exemplo, é

---

[1] Cf. M. L. West, "The Rise of the Greek Epic", *Journal of Hellenic Studies*, vol. 108, 1988, p. 159.

ao mesmo tempo admirável e decepcionante: o chefe troiano, ainda que protegido por Apolo, não consegue evitar a imensa pedra arremessada por Ájax. Todavia, com a chegada da noite, o combate é suspenso e a vitória de Ájax, frustrada. Píndaro acusa Homero de deturpar a biografia de Ájax. No episódio da disputa das armas de Aquiles, o sucesso de Odisseu seria fruto da propaganda homérica, como se lê num verso da 7ª *Nemeia* (31-2), em que, graças ao emprego ambíguo do pronome, ficamos sem saber se o poeta se refere a Homero ou a Odisseu: "pois as mentiras e o ardil alado conferiram-*lhe* certo destaque",[2] crítica que será retomada no poema seguinte da mesma coletânea, onde Píndaro lamenta o revés sofrido por Ájax e o sucesso imerecido de Odisseu (41-3): "no conflito funesto, a inabilidade verbal e a vigorosa audácia são esquecidas, enquanto o embuste ardiloso recebe o prêmio máximo". Esse contraste será aprofundado por Sófocles. Charles Segal observou que o silêncio e a inflexibilidade do herói revelam seu domínio precário da linguagem; contrapondo-se a Ájax, Odisseu exibiria versatilidade e espírito conciliador, qualidades prezadas na Atenas do século V a.C. Não à toa — nota Segal —, a metáfora da caça é tão importante na peça. Através dela, Sófocles colocaria Ájax "à margem da estrutura da civilização".[3]

[2] Glenn W. Most analisa detidamente essa ode em *The Measures of Praise: Structure and Function in Pindar's Second Pythian and Seventh Nemean Odes*, Göttingen, Hypomnemata, 1985, pp. 148-56. Sobre o trecho em questão, o autor observa que Píndaro critica o efeito ilusório da poesia homérica, decorrente da forte carga sensual de sua linguagem (cf. ἀδυεπῆ, *Nemeias*, 7, 21, "linguagem prazerosa"). Por outro lado, através do destino de Ájax, o poeta revelaria seu ceticismo quanto à capacidade humana de interpretar corretamente os acontecimentos: os heróis mostraram-se "estúpidos" ao não reconhecerem a excelência militar de Ájax, exibida em dez anos de guerra.

[3] Ver Charles Segal, *Tragedy and Civilization: An Interpretation of Sophocles*, Cambridge, MA, Harvard University Press, 1981, pp. 131 ss.

Na 6ª *Ístmica* (50-5), Píndaro menciona Ájax mais uma vez, recordando o episódio de seu nascimento. É impossível saber se esse mito fez parte de alguma tradição local ou se foi inventado pelo próprio poeta. De qualquer modo, ele sugere o motivo pelo qual Ájax, embora considerado por Homero o segundo maior guerreiro grego, não realiza qualquer ato inesquecível. Recebido por Telamôn com um banquete, Héracles, ao ver a enorme águia (*aietós*) enviada por Zeus, como um "adivinho", prevê o nome de seu filho: Ájax (*Aias*). Píndaro preenche uma lacuna de Homero, que não coloca o herói sob proteção de nenhum deus especial — ao contrário de Odisseu (Atena) ou Aquiles (Tétis) —, escolhendo para isso um personagem como Héracles, que possui traços físicos semelhantes aos do "gigante" Ájax ("monstruoso", no dizer de Helena, *Ilíada*, III, 229). Essa falsa relação etimológica entre *aietós* ("águia") e *Aias* ("Ájax") é bem diferente da que Sófocles, mais fiel a Homero, propõe, a partir da interjeição de dor *aiaí* e do verbo *aiázdein* ("emitir ai"), numa fala do herói, cuja tradução literal é:

> Ai, ai! Quem poderia imaginar que meu nome se tornaria tão adequado à minha desgraça? Devo gritar agora duas, três vezes *ai*, pois em tal desgraça me encontro.

Ou, segundo a tradução que proponho:

> Ájax jaz. Quem diria que meu nome
> se ajustaria assim aos infortúnios?
> Acrescento aos dois termos um terceiro:
> já!, que tamanha é a urgência de meus males.

As melhores histórias sobre Ájax provavelmente se perderam no período pré-homérico. Especialistas costumam observar que o modelo de arma grega mais antigo de que se tem notícia é o monumental escudo em forma de torre de Ájax, coberto por sete camadas de couro, que caiu em desuso depois da guerra de Troia.[4] Recentemente se comentou que a inumação do cadáver de Ájax, descrita na *Pequena Ilíada*, reflete um procedimento do período micênico (século XIII a.C.) e não da época de Homero (século VIII a.C.), quando os corpos eram cremados.[5] De acordo com West, as fórmulas *herkos Akhaiôn* (*barreira dos Aqueus*) e *epieimenoi alkén* (*vestidos de vigor*), aplicadas a Ájax, têm origem bastante remota, a segunda delas recorrente na literatura sânscrita. Para o helenista inglês, o herói, com seu porte enorme, parece descender da raça hesiódica do período de bronze (no mesmo sentido, Kerényi escreveu que Ájax "participou da guerra de Troia como os heróis do tempo antigo; como eles, ainda combatia atirando pedras").[6] Cabe também lembrar que o herói é relacionado com frequência ao chefe cretense Meríone (neto de Minos), cujo nome aparece em expressões do período micênico. Esses dados, responsáveis pela imagem arcaica de Ájax em Homero e Sófocles, não nos permitem imaginar o conteúdo das sagas em que ele teve provavelmente posição destacada.

Das 123 peças que Sófocles escreveu em sua longa vida (496-406 a.C.), só sete chegaram até nós, entre as quais *Ájax* é a mais antiga, concebida quando o autor tinha perto de cinquenta anos. Para Knox, o conflito entre dois códigos éticos motiva a tragédia: o heroico da tradição épica e o democrá-

---

[4] Ver Geoffrey Kirk, *Homer and the Epic*, Cambridge, Cambridge University Press, 1965, p. 74.

[5] Cf. Philip Holt, "Ajax's Burial in Early Greek Epic", *American Journal of Philology*, vol. 113, nº 3, 1992, pp. 319-31.

[6] Cf. M. L. West, *op. cit.*, p. 154, e Károly Kerényi, *Gli dei e gli eroi della Grecia* (trad. italiana), Milão, Garzanti, 1985, vol. 2, p. 335.

tico da Atenas do século V.⁷ O herói homérico buscava o reconhecimento (*kléos*) de sua honra (*timé*), produto do vigor e da coragem. Logo no início da *Ilíada*, por exemplo, Aquiles observa que os gregos não lutavam por interesse próprio, mas para "obter a honra" (*timén arnýmenoi*) em favor de Agamêmnon e Menelau ("Para teu gáudio, ó grão despudorado, viemos/ por Menelau, por sua honra e a tua, cão", vv. 158-9), ouvindo a resposta do comandante: "Outros/ hão de me honrar (*timésousi*), mormente Zeus, mente sagaz" (vv. 174-5). *Kléos* é um conceito importante não só na épica grega, como na poesia védica, onde se encontra a expressão *sravas aksitam*, correspondente à fórmula homérica *kléos aphthiton*: "glória imperecível". O primeiro sentido de *kléos* é "rumor" (da mesma raiz do verbo *klýein*: "ouvir"; lê-se na *Ilíada*: *kléos Akhaiôn*, "rumor dos Aqueus"), podendo ser interpretado como a fama obtida por alguém em virtude de suas proezas, mantidas e divulgadas pela comunidade.

É exatamente esse reconhecimento que Ájax reivindica na peça de Sófocles, considerando-se herdeiro, por merecimento, das armas de Aquiles, opinião de que o próprio Odisseu partilha. Diferentemente de Homero, Sófocles sugere, como Píndaro, a ocorrência de fraude no duelo entre Ájax e Odisseu, aclamado vitorioso. Odisseu de certo modo simboliza o ideal de conduta da democracia ateniense, baseado na *sophrosyne*, palavra que significa, a um só tempo, moderação, prudência frente às vicissitudes, que Sófocles valorizou não só em sua vida de dramaturgo, como também em sua carreira política, ao lado de Péricles (411-410 a.C.).⁸ Em diversos trechos da peça, Sófocles indica que a atitude mode-

---

⁷ Bernard Knox, *Word and Action: Essays on the Ancient Theater*, Baltimore, Johns Hopkins University Press, 1986, pp. 125 ss. O ensaio referido foi incluído nesta edição, às pp. 177-229.

⁸ Sobre a atuação política de Sófocles, ver Enzo Degani, "Democrazia ateniese e sviluppo del dramma attico: la tragedia", em *Storia e civiltà*

rada resulta da consciência do caráter imprevisível do tempo. Diante da alucinação de Ájax, que imagina ter degolado os chefes atridas, e não o rebanho, Odisseu sintetiza a condição humana — "volúvel sombra, espectros tão somente" — em termos semelhantes aos de Píndaro ("sonho de uma sombra: o homem", *Pítica*, 8, 96) e de Ésquilo ("a geração humana pensa por um dia e é tão confiável quanto a sombra de uma nuvem, *fr.* 399). E Atena conclui (131-3):

> Um dia basta para pôr abaixo
> e erguer de novo todo feito humano.
> Ódio ao vil, não ao sábio (*sófronas*), o lema olímpico.

Ájax comporta-se com insolência (*hybris*) contra a própria Atena, ao recusar sua ajuda em meio à guerra, deixando de lado os dois princípios que, de acordo com o que se lê no final da *Antígone*, garantiriam a "boa fortuna" (*eudaimonia*): "pensar com equilíbrio" (*froneîn*, da mesma raiz de *sophrosyne*) e "não ser ímpio com os deuses" (*eis theoús asepteîn*). Em seu longo monólogo, "bastante curioso e extremamente desconcertante",[9] Ájax admite seu fracasso, por ter se mantido alheio ao "pensamento equilibrado" (*pôs ou gnosómetha sophroneîn*, "como desconsiderar a sabedoria", ou, como proponho: "a lucidez é refutável?").

Esse monólogo ocupa lugar central na peça (646-92), sendo proferido logo depois de Ájax se despedir do filho e transmitir as últimas ordens aos marinheiros. São duas as principais análises desse discurso que tematiza a transitoriedade e a inconstância. Segundo uma delas, Ájax pretenderia enganar sua mulher, Tecmessa, sugerindo mudança de atitu-

---

dei Greci, vol. III, Ranuccio Bianchi Bandinelli (org.), Milão, Bompiani, 1989, pp. 280 ss.

[9] Paul Masqueray, *Sophocle*, Paris, Les Belles Lettres, 1946, p. 35.

de, a fim de cometer solitariamente o suicídio. Essa fala teria a função de retardar na peça a morte de Ájax.[10] O herói seria traído por suas próprias palavras ao manifestar com sarcasmo, de maneira hiperbólica, a intenção de "ceder" (*eikein*) aos deuses e "venerar" (*sebein*) os Atridas. Se tomássemos como base o uso desses verbos na literatura grega, teríamos de inverter seus objetos nessa passagem. O objetivo de Ájax ficaria também evidente na sequência do verso 685, onde a notável concentração de consoantes dentais revelaria a tensão do personagem e não a atitude resignada:[11]

> Sy *de*
> eso *th*eoîs el*th*ousa *d*ià *t*elus, gynai,
> eukhou *t*eleîs*th*ai *t*umon hon erâ kéar.
> Hymeîs *th*', hetaîroi, *t*autá *t*êde moi *t*ade
> *t*imâte, Teukro *t*', én móle,

> Tecmessa, entra na tenda e pede aos deuses
> que aceitem o que dita meu desejo.
> Amigos, demonstrai presteza idêntica;
> cuide de mim, tão logo volte, Teucro.

O problema de muitos comentários que defendem a motivação enganosa do discurso de Ájax é que eles excluem a possibilidade de o herói mudar o modo de avaliar sua própria situação, enfraquecendo o efeito dramático do episódio. Talvez seja desnecessário adotar integralmente a esclarecedora leitura de Knox, para se concluir que, embora não pretenda alterar seu projeto, Ájax examina o mundo que o rodeia de uma perspectiva nova. Para o helenista, a atitude engano-

---

[10] Ver P. T. Stevens, "Ajax in the Trugrede", *Classical Quarterly*, vol. 36, nº 2, 1986, pp. 327-36.

[11] Ver R. P. Winnington-Ingram, *Sophocles: An Interpretation*, Cambridge, Cambridge University Press, 1980, pp. 49 ss.

sa seria incompatível com o *ethos* do personagem, que não precisaria lançar mão de artifícios para afastar seus interlocutores.[12] Pode-se discordar desse argumento observando que, se Sófocles herdou de Homero a imagem do herói intrépido, ele caracteriza Ájax, logo no início da peça, como alguém capaz de praticar o "dolo" (47: *dolios*). Se Tecmessa e os marinheiros não são expulsos, é porque Sófocles busca retardar a ação de Ájax. Esse retardamento permite a intervenção do mensageiro, que revela o motivo da ira de Atena contra o herói.

A contribuição maior de Knox talvez não esteja em negar a intenção enganosa de Ájax, mas em esclarecer a motivação principal de seu discurso. O caráter reflexivo do início da fala é acentuado por sua construção. Trata-se de um solilóquio, no qual o herói refere-se a Tecmessa, num mesmo verso (652), pelo pronome da terceira pessoa *nin* ("ela") e pelo genitivo *tesde tes gynaikós* ("desta mulher"). O pronome *egó* ("eu"), em destaque no início do verso 678, e o advérbio *artios* ("exatamente agora") marcam a mudança recém-ocorrida em Ájax e o fim de sua condição ensimesmada (lit.: "eu acabo de compreender que a inimizade pelo inimigo deve ir até certo ponto"); logo em seguida, torna a se dirigir à mulher: "e tu" (684). É um momento de crise que antecede o suicídio, quando, num rasgo de lucidez, o herói se dá conta das oscilações da conduta humana. Não só os ciclos da natureza estão sujeitos às mudanças do tempo, como também as relações pessoais. Os dois códigos éticos citados surgem em conflito: o heroico, baseado na estabilidade de princípios rígidos, e o da democracia ateniense, sustentado na versatilidade e na capacidade de adaptação. Assim, não é estranho que Ájax se refira aos que assumem tal postura com uma expressão de uso corrente na Atenas do século V: *tois polloisi*

---

[12] Bernard Knox, *op. cit.*

("a maioria") — acaba de compreender o herói — "não confia no porto da amizade". Como o inverno e o verão, a noite e o dia, o vento e o silêncio, a inimizade cede lugar à amizade, conforme as circunstâncias.

Ájax aprova essa saída, como deduz Tecmessa, ou apenas caracteriza um comportamento contrário a seus valores aristocráticos? De acordo com Oliver Taplin, nem uma coisa nem outra.[13] Ao encerrar sua fala com a frase "talvez compreendereis em breve que estarei salvo, ainda que agora sofra infortúnios", Ájax não procuraria enganar Tecmessa. A intenção de Sófocles seria de "enganar" a própria plateia, propondo um enigma que só se esclarece retrospectivamente, a partir do epílogo do drama. Nada é inesperado — nota Ájax —, nem os ciclos cósmicos, nem as metamorfoses humanas, nem o reconhecimento do herói que, odiado pelos companheiros, volta a ser respeitado pelo principal deles, Odisseu, pivô da tragédia, a quem cabe o elogio do valor do suicida. Desse modo, a fala final do coro retoma as considerações de Ájax sobre as mudanças operadas pelo tempo, relacionando-as agora à sua morte, que lhe devolve a dignidade:

> Aos mortais é possível conhecer
> diversas coisas com a vista. Mas,
> do seu porvir, ninguém é adivinho.

Nem mesmo o público, poderíamos acrescentar.

* * *

Desde que escrevi a introdução acima, há vinte e cinco anos, a bibliografia sobre *Ájax* proliferou bastante, o que não

---

[13] Ver Oliver Taplin, *Greek Tragedy in Action*, Londres, Methuen, 1978, pp. 127-31.

significa que certos comentários anteriores da peça tenham perdido relevância. É o caso do estudo de Bernard Knox incluído neste volume, que continua a ser objeto de grande interesse dos especialistas, mesmo entre os que discordam de sua interpretação. Para Knox, Ájax simbolizaria o herói homérico no contexto não mais heroico do século V a.C. ateniense, onde os valores decorrentes do debate público, da retórica e da democracia não mais se espelham na inflexibilidade característica do herói épico. Odisseu seria o arquétipo do novo período, que encontraria na assembleia seu espaço privilegiado. A magnitude do herói ensimesmado, voluntarioso e solitário, afeito ao risco extremo, pertenceria ao passado.

A aura incomum do ente inabordável, preocupado em construir uma biografia baseada no destemor e na ousadia, tendo em vista a obtenção do *kléos*, "renome", "fama", caracterizaria, na visão de Knox, Ájax na tragédia em que figura como protagonista. Finglass, autor da mais recente edição crítica da obra, adota outra perspectiva, seja no estudo introdutório ao livro, seja num ensaio publicado no ano seguinte.[14] De acordo com ele, o Ájax de Sófocles teria pouco a ver com o herói homérico, ao desconsiderar suas obrigações com os membros da família (Tecmessa e Eurísaques), quando decide cometer suicídio. Em relação a Homero, "o efeito" seria "de contraste, e não de similaridade". Por outro lado, "as virtudes competitivas e cooperativas" caracterizariam não só o período homérico, mas também o século V ateniense. Sua conclusão é de que Knox exageraria ao diferenciar os dois períodos. Finglass argumenta que a segunda parte do *Ájax*, posterior ao suicídio, teria como função reconstituir a imagem negativa do herói presente na primeira. Sustenta ainda

---

[14] P. J. Finglass, *Sophocles: Ajax*, Cambridge, Cambridge University Press, 2011, e "Ajax", em Andreas Markantonatos (org.), *Brill's Companion to Sophocles*, Leiden/Boston, Brill, 2012.

que a arrogância de Ájax, ao dispensar o auxílio de Atena, nada tem a ver com os padrões heroicos da *Ilíada*. Ao agir sob o domínio da loucura, o personagem se afastaria de seus pares. Em lugar de tomar como ponto de partida um conceito geral do personagem, o helenista inglês detém-se nas particularidades de cada cena, a fim de definir seu sentido específico. Em algumas passagens, Ájax exibiria traços positivos, em outras negativos.

Foge ao meu escopo confrontar as duas leituras. Observo, contudo, que o principal herói da *Ilíada*, Aquiles, também desconsidera a situação do exército grego ao abandonar a guerra, sendo indiretamente responsável pela morte de inúmeros aqueus. O Pelida não retorna ao campo de batalha sensibilizado pelas agruras dos antigos companheiros, mas para vingar a morte do amigo dileto, Pátroclo. Sófocles tematiza, nesta e em outras tragédias, a fragilidade do homem, que ignora o sentido real do tempo em que está imerso. O próprio Odisseu chega a essa conclusão, ao se deparar com Ájax enlouquecido (125-6): "Resumo nossa condição humana:/ volúvel sombra, espectros tão somente". A insânia de Ájax, sua incapacidade de analisar a conjuntura, não anula sua magnitude, mas sugere que até mesmo o segundo maior militar homérico está sujeito ao desequilíbrio mórbido. Pode-se admirar um herói sem tomá-lo como modelo de conduta. É o caso de Aquiles e de Ájax. Por outro lado, há heróis que cometem atos moralmente questionáveis, mas que de algum modo se tornam exemplares. É o caso de Odisseu, capaz de alterar radicalmente o próprio comportamento de acordo com a situação em que se envolve. Consideremos a representação de Ájax na *Ilíada*. Homero deixa claro que não é pelos dons retóricos que ele se impõe. Ájax é de poucas palavras, lacônico. Trata-se de um personagem de ação, jamais intimidado pela adversidade. A limitação intelectual não empana o brilho de sua imagem monumental, aterradora e decisiva. Pode-se perguntar por que Sófocles o representa como alguém que comete híbris contra um deus, como um herói que despreza arrogantemente a ajuda divina. A resposta de Finglass é a de que o autor pretenderia apresentar inicialmente uma imagem negativa do herói, recomposta de maneira mais favorável na segunda parte da peça. Esse movimento seria responsável pela própria estrutura da tragédia. Há bons argumentos a favor dessa leitura. Por outro lado, creio que é possível abordar a obra de outra maneira. Como observei antes, a grandeza de Aquiles ou de Ájax não anula aspectos negativos da atuação dos dois. Ambos são admiráveis, embora não modelares. Sófocles apresenta um herói emblemático num contexto anti-heroico, em que a fragilidade de sua natureza se revela. As vicissitudes, o revés e a reviravolta escapam à experiência limitada do homem, como fica evidente no final do texto, em que Odisseu, surpreendentemente, aparece como o responsável pela preservação da memória perene de seu antagonista. Tanto em Homero quanto em Sófocles, a morte do herói não significa o epílogo biográfico, mas o episódio culminante da passagem para a tradição.

Ájax era estimado em Atenas por seu vínculo com Salamina. O episódio final de seu enterro provavelmente tem relação com a fundação de um culto heroico. Nesse contexto, seu maior inimigo, Odisseu, reconhece sua supremacia. O herói de estatura gigante, o único capaz de manipular o enorme escudo turriforme (modelo mais arcaico de arma na *Ilíada*, segundo a arqueologia), pronto a desferir portentosos calhais contra os inimigos, reage violentamente ao perder a disputa pelas armas de Aquiles. A vitória cabe a Odisseu, com quem o Pelida não tinha maior afinidade, diferentemente de Ájax, cujo perfil militar coincidia com o seu. É esse modelo de herói desabrido e voluntarioso, cujo vigor sobre-humano irradia-se nas cenas da *Ilíada*, que a tragédia de Sófocles põe em xeque, não para empanar seu brilho, mas para acentuar o fato de que até a figuração aparentemente inabalável pode sustentar-se em seu inverso, na fragilidade extrema. Esse tipo de polarização é recorrente em Sófocles. Os ciclos e as mutações imprevisíveis, que decompõem os cenários habituais e os parâmetros da certeza, são aspectos incontornáveis do destino. Diante desse movimento enigmático do risco inevitável, Sófocles sugere que o comportamento se paute pela *sophrosyne*. Trata-se de um termo complexo que significa, a um só tempo, lucidez, prudência e temperança. Relaciona-se ao cultivo da disciplina intelectual atenta à imprevisibilidade dos acontecimentos. A ponderação e o equilíbrio são outros dois parâmetros importantes contidos no vocábulo. A lucidez quanto ao sentido de um determinado quadro, que impede que a reação intempestiva e extremada prevaleça, está no horizonte de interesse de Sófocles. A tragédia de Ájax e de outros protagonistas de sua produção caracteriza-se justamente pela ausência da *sophrosyne* ou por sua consideração tardia, posterior à instauração traumática do destino ruinoso.

No *Ájax*, *sophrosyne* vincula-se à percepção de que o tempo possui uma dinâmica cíclica. Por um lado, inexiste o sentido definitivo; por outro, a significação do instante não transparece em sua manifestação. É nesse horizonte incerto que o homem se situa. Seu desconhecimento não diz respeito apenas ao passado ou ao futuro, mas concerne ao presente. A condição precária e irredutível encontra na *sophrosyne* uma possibilidade de enfrentar a experiência de modo menos desconfortável e traumático. Ela não é um dom da natureza, mas o resultado de um aprendizado intelectual. A articulação entre *sophrosyne* e tempo cíclico é bastante clara na passagem em que Ájax reflete sobre a própria condição. Sófocles emprega o verbo de mesma raiz de *sophrosyne*, *sophronein*, num verso (pergunta retórica) cuja tradução literal seria: "Como nós não aprenderemos a ser prudentes (lúcidos, sensatos)?". A passagem toda é formidável, como se constata no seguinte trecho (669-77):

> Nem mesmo o que resiste foge à regra:
> cede. O inverno, com seus passos níveos,
> dá lugar ao verão de belas frutas.
> Ao dia alviequino o disco escuro
> da noite põe-se em fuga, e vem a luz.
> O furacão furioso dorme onde
> a onda ulula. O sonho onipotente
> retém e solta. Não mantém consigo
> a presa. A lucidez é refutável?

Depois da carnificina que promove, Ájax analisa a situação em que se encontra. Constata que o universo não se organiza segundo os parâmetros da inflexibilidade. Sabe que não representa o presente, que seu perfil pertence a outro momento. A reconciliação significaria a adoção de procedimentos que ele no fundo desconhece e que contrariariam sua própria imagem. Supô-lo adotando uma visão de mundo flexível e mutante, nos moldes de Odisseu, seria anular sua identidade cristalizada. Nesse sentido, seu suicídio não é um ato destituído de lógica. Ao tomar a decisão, Ájax prepara a cena, aparece como autor de uma sequência que irá imortalizá-lo nas futuras representações vasculares. Existe algo de intencional na teatralização do drama do suicídio. A cena, como se sabe, é extraordinária do ponto de vista da composição: Ájax espeta no solo a espada que recebera do principal antagonista dos gregos, Heitor (*Ilíada*, VII, 299-302). Arremessa o próprio corpo sobre a lâmina afiada. O instrumento que o perfura é odioso. Em seu instante final, Ájax configura a cena num registro de esfumatura homérica, em que sua identidade detinha aura sublime. Não se trata propriamente de um gesto de autoeliminação, mas da representação fatal em que transparece algo da dimensão heroica. É o modo que o personagem encontra de, no âmago da agonia, preservar o estatuto de sua singularidade.

Métrica e critérios de tradução

A estrutura métrica da tragédia grega é bastante complexa. Nos diálogos, predomina o trímetro jâmbico, que possui o seguinte esquema:

x—ᴜ— x—ᴜ— x—ᴜ—

Em outros termos, a primeira sílaba do segmento ("pé") pode ser breve ou longa; a segunda, longa; a terceira, breve; a quarta, longa. Essa unidade é repetida três vezes no verso. Em lugar da alternância entre sílabas átonas e tônicas, em grego o ritmo varia entre breve e longa (esta última tendo duas vezes a duração da breve).

Por outro lado, a métrica dos coros é bastante diversificada e apresenta dificuldade ainda maior de escansão, decorrente, entre outros motivos, do acúmulo de elisões e cesuras, bastante comuns nesses entrechos.

Na tradução de *Ájax*, uso o decassílabo na maior parte dos diálogos, com variação acentual, respeitando os parâmetros rítmicos possíveis para esse tipo de verso em português. Nos episódios corais e nos diálogos que não seguem o padrão do trímetro jâmbico, emprego o verso livre, privilegiando a acentuação nas sílabas pares.

Adotei procedimento semelhante na tradução do *Filoctetes*, de Sófocles (São Paulo, Editora 34, 2009), onde, numa nota sobre o assunto, incluí um percurso dos versos gregos e as opções de tradução para o português.

Sobre o autor

Filho de Sófilo, Sófocles nasceu em Colono, vila situada dois quilômetros ao norte de Atenas. Autor de 123 peças, das quais só conhecemos sete — *Ájax*, *Antígone*, *As Traquínias*, *Electra*, *Édipo Rei*, *Filoctetes* e *Édipo em Colono* —, viveu cerca de noventa anos (496-406 a.C.). Sua carreira foi marcada por repetidos sucessos: de todos os concursos de tragédia de que participou, ficou em primeiro ou em segundo lugar, jamais em terceiro (último). Sua estreia e primeira vitória ocorreu em 468 a.C., ocasião em que derrotou Ésquilo, até então o mais bem-sucedido trágico grego, ganhador, entre outros, do concurso em 472 a.C., com a trilogia de que fazia parte *Os Persas*.

Sófocles é contemporâneo dos principais acontecimentos do quinto século ateniense: tinha 36 anos de idade quando o historiador Tucídides nasceu, 40 quando Ésquilo faleceu em Gela, na Sicília, 67 quando Péricles morreu em decorrência da peste que assolou Atenas em 429 a.C. Provavelmente assistiu ao primeiro triunfo de Eurípides numa competição dramática, em 449 a.C., quando contava 47 anos. Viu o Parthenon ser erigido em 447 a.C. e a portentosa estátua de Palas Atena em ouro e marfim, obra de Fídias, ser depositada no templo em 438 a.C. No mesmo ano em que representou *Édipo Rei* (425 a.C.), Aristófanes levava a público sua primeira comédia: *Acarneus*. Vivenciou os quase 27 anos da guerra contra Esparta, falecendo em 406 a.C., dois anos antes da capitulação de sua cidade.

Teve participação destacada na vida pública de Atenas, seja como tesoureiro entre 443 e 442 a.C., seja como general durante a revolta de Samos (441 a.C.). De acordo com Aristóteles (*Retórica*,

1419a 25), foi um dos dez conselheiros designados para reverter a situação crítica por que passava a cidade após a derrota de sua armada em Siracusa (413 a.C.). Apesar disso, Íon de Quios, seu contemporâneo, escreveu que Sófocles carecia de habilidade política maior. De seus cinco filhos, um se tornou poeta trágico (Iofon) e outro (Ariston) foi pai do jovem Sófocles, que produziu a última tragédia do avô, *Édipo em Colono*, em 401 a.C. Segundo Plutarco (*Numa*, 3), Sófocles teria sido responsável, em 420-19 a.C., pela introdução em Atenas do culto ao deus Asclépio e à serpente que o simbolizava. Depois de sua morte, foram-lhe conferidas honras de herói, tendo sido cultuado com o nome de Dexion.

Sugestões bibliográficas

ADKINS, Arthur W. H. *Merit and Responsability: A Study in Greek Values*. Oxford: Clarendon Press, 1960.

BELFIORE, Elizabeth S. *Murder Among Friends: Violation of Philia in Greek Tragedy*. Oxford: Oxford University Press, 2000.

BLUNDELL, Mary Whitlock. *Helping Friends and Harming Enemies: A Study in Sophocles and Greek Ethics*. Cambridge: Cambridge University Press, 1989.

BURIAN, Peter. "Supplication and Hero Cult in Sophocles' *Ajax*". *Greek, Roman and Byzantine Studies*, 13, 1972, pp. 151-6.

DAVIDSON, J. F. "The Parodos of Sophocles' *Ajax*". *Bulletin of the Institute of Classical Studies*, 22/1, 1975, pp. 163-77.

EASTERLING, P. E. "The Tragic Homer". *Bulletin of the Institute of Classical Studies*, 31/1, 1984, pp. 1-8.

FERGUSON, John. "Ambiguity in *Ajax*". *Dioniso*, 44, 1970, pp. 12-29.

FINGLASS, P. J. *Sophocles: Ajax*. Cambridge: Cambridge University Press, 2011.

_____. "Ajax", in MARKANTONATOS, Andreas. *Brill's Companion to Sophocles*. Leiden/Boston: Brill, 2012.

FISHER, Nick. *Hybris: A Study in the Values of Honour and Shame in Ancient Greece*. Warminster: Aris and Phillips, 1992.

GILL, Christopher. *Personality in Greek Epic, Tragedy and Philosophy*. Oxford: Clarendon Press, 1996.

GOLDHILL, S. *Reading Greek Tragedy*. Cambridge: Cambridge University Press, 1999.

HEATH, M. *The Poetics of Greek Tragedy*. London: Duckworth, 1987.

HEATH, M.; OKELL, E. "Sophocles' *Ajax*: Expect the Unexpected". *The Classical Quarterly*, 57/2, 2007, pp. 363-80.

HESK, Jon. *Sophocles: Ajax*. London: Bristol Classical Press, 2012.

HUBBARD, T. K. "The Architecture of Sophocles' *Ajax*". *Hermes*, 131/2, 2003, pp. 158-71.

KNOX, Bernard. *The Heroic Temper: Studies in Sophoclean Tragedy*. Berkeley: University of California Press, 1964.

KONSTAN, David. *Friendship in the Classical World*. Cambridge: Cambridge University Press, 1997.

PUCCI, Pietro. "Gods' Intervention and Epiphany". *American Journal of Philology*, 115/1, 1994, pp. 15-46.

REINHARDT, Karl. *Sófocles*. Tradução de Oliver Tolle. Brasília: Editora UnB, 2007.

SCULLION, Scott. *Three Studies in Athenian Dramaturgy*. Stuttgart/Leipzig: Teubner, 1994.

SORUM, Christina Elliot. "Sophocles *Ajax* in Context". *Classical World*, 79/6, 1985-86, pp. 361-77.

WINNINGTON-INGRAM, R. P. *Sophocles: An Interpretation*. Cambridge: Cambridge University Press, 1980.

ZANKER, G. "Sophocles' *Ajax* and the Heroic Values of the *Iliad*". *Classical Quarterly*, 42/1, 1992, pp. 20-5.

Excertos da crítica

"Os olhos abrem-se repentinamente para Ájax, ele reconhece o mundo, mas não para se ambientar nele como aquele que o reconhece, não para se curvar à sua ordem, não para seguir o comando 'conhece-te a ti mesmo', porém para ver nele o que é estranho, oposto, do qual ele poderia participar apenas se não fosse mais Ájax: se eu quisesse me submeter a este mundo e aos seus deuses, que não suportam nada de exterior, de duradouro, nenhum sim e não finais, então inimigo algum poderia ser tão inimigo meu que não pudesse ser também meu amigo — segundo a expressão de Bias — e nenhum amigo tão amigo que não pudesse também se tornar meu inimigo!... Ájax deve perecer não apenas porque se soltou de seu ambiente heroico — tal já era seu destino na epopeia —, mas porque ele não mais cabe no mundo. Suas comparações cósmicas são mais do que uma peça de adorno da fala, expressam mais do que pompa trágica. Na medida em que elas aludem à mudança como lei do mundo, à qual estão subordinados todos os reinos, tanto o macrocosmos como o microcosmos, então elas são a prova de um sentimento de mundo semelhante ao de Heráclito: 'Deus é verão e inverno, dia e noite (...)'. Mas, em segundo plano, por meio do elogio sublime da ordem do ser, vibra um tom abafado na boca de Ájax, quase um escarnecimento da sabedoria que é a sabedoria deste mundo (vv. 646 ss. e 666 ss.):

> O tempo, em sua sucessão de números,
> revela e encobre o que trazia à luz.
> Inexiste o imprevisto. Não escapa
> a jura mais solene, a mente intrépida.
> Se eu me mantinha duro em meus propósitos,

> como ferro na têmpera, amoleço
> a língua quando a ouço (...).
> (...)
> Por isso, doravante eu sigo os deuses,
> e os Atridas já contam com respeito.
> São os chefes; é lei obedecê-los.
> Nem mesmo o que resiste foge à regra:
> cede. O inverno, com seus passos níveos,
> dá lugar ao verão de belas frutas.
> Ao dia alviequino o disco escuro
> da noite põe-se em fuga, e vem a luz.
> O furacão furioso dorme onde
> a onda ulula. O sonho onipotente
> retém e solta. Não mantém consigo
> a presa. A lucidez é refutável?
> Agora eu sei que a inimizade pelo
> inimigo não deve ser total,
> podendo ser benquisto um belo dia.
> Coloco-me à disposição do amigo,
> sabendo ser fugaz. (...)

Aqui o engano tem origem em uma camada ainda mais profunda da ironia do que aquela que designamos comumente por ironia 'trágica': aqui a ironia nasce do reconhecimento crepuscular de uma eterna ruptura entre o herói e o curso do mundo."

> Karl Reinhardt (*Sophokles*, Frankfurt am Main, V. Klostermann, 1933. Edição brasileira: *Sófocles*, tradução de Oliver Tolle, Brasília, Editora UnB, 2007, pp. 35-6, aqui com a tradução do *Ájax* de Trajano Vieira)

"O tempo muda tudo, nada é imprevisto: tudo exceto a determinação de Ájax, nada exceto que Ájax precisa mudar de ideia. Um Ájax decidido a morrer proclama a sua isenção das verdades estabelecidas. Deixar que a sua ação seja determinada pela piedade por Tecmessa? Isso seria algo efeminado e impensável, e assim a piedade e todo o sentido de obrigação mútua são descartados. Ceder aos deuses? Aqueles que mostraram sua hostilidade e diante dos quais Ájax renunciou a todo compromisso (vv. 589 ss.)? *Honrar* os Atridas que o injustiçaram irremediavelmente? Passar da tempestade e da escuridão à calma e à luz? Não, ele foi rejeitado pelo mundo da luz e anseia apaixonadamente pelo mundo das trevas a que agora pertence. Ser razoável? Não no sentido *deles*. Abandonar a sua inimizade, em favor de um princípio de mutabilidade que ele considera deliberadamente em sua forma mais cruel? Jamais, ele continuará até o fim a odiar os seus amigos transformados em inimigos e irá deixá-los com uma maldição.

Ájax morre no espírito daquele discurso final, o mesmo Ájax que ele sempre foi; e é o mesmo espírito que se deixa ver durante todo o seu discurso anterior de aparente submissão. A sua coragem é inquestionável; que o seu orgulho exclua a autopiedade é algo que podemos admirar. Ele é uma figura tremenda — tremenda e assustadora. Assustadora porque os obcecados são sempre assustadores, quando alçam voo ou se afundam para longe do contato com a humanidade. Ele abandona um mundo ao qual deixou de pertencer; e quando se despede da luz e de todos os lugares de sua grandeza e de sua queda, estendemos-lhe a pena que ele não solicita, e que não recebe dos deuses.

Podemos voltar a pensar nas palavras de Atena, quando ela diz que os deuses amam os *sophrones* e odeiam os vis (*kakoi*). Essa foi uma extraordinária escolha de palavras — muito mais estranha no grego do século V a.C. do que pode soar em qualquer tradução atual. O *kakos* é o mau, o vil, o covarde; e é uma palavra espantosa para se referir (mesmo por implicação) a um exemplo supremo de *areté* heroica, a um ἀνὴρ ἄριστος. Isso só pode sugerir que a *areté* de Ájax foi frustrada, até mesmo anulada, por sua completa falta de equilíbrio mental, de sabedoria, de *sophrosyne*. E esse foi o seu trágico destino."

R. P. Winnington-Ingram (*Sophocles: An Interpretation*, Cambridge, Cambridge University Press, 1980, pp. 55-6)

"A reação de Ájax ao julgamento das armas, justificável ou não, é extrema; e o temperamento extremado que rege as relações de Ájax com seus companheiros transborda, como era provável, para as suas relações com os deuses: isto nós já observamos. Gostaria de salientar que é aqui, no temperamento e não na adesão a um código ético, que Ájax difere de Odisseu. Argumentei que Odisseu não abandona a moralidade tradicional, mas que nesta cena ele se depara com, e respeita, um dos limites que essa moralidade estabeleceu para a acusação de inimizade, um ponto para além do qual seria impróprio e arriscado para um homem (embora não para um deus) ir. Odisseu é equilibrado e contido; ele aceita de bom grado as condições da existência humana. Mas tal aquiescência (a sua *sophrosyne*) é uma impossibilidade absoluta para o temperamento mais extremado de Ájax. É esta incapacidade temperamental que leva Ájax a transgredir os limites da prudência e do cuidado que a ética tradicional impõe à conduta humana; e as atitudes que, para um homem, são sempre perigosas, tornam-se inelutavelmente fatais quando colidem com suas relações com os deuses: porque com as regras que presidem as relações entre homens e deuses, Atena está sempre vigilante.

Os traços de caráter que levam Ájax à sua violação dos códigos tradicionais, e portanto a violação em si, são assim inseparáveis de sua grandeza heroica; Odisseu, embora de temperamento mais consistente, não é um homem tão grandioso como Ájax. Já dissemos que existem pressões numa ética competitiva que impelem os homens a transgredir os limites que essa mesma ética procura impor aos contendores; Ájax ilustra bem este ponto. Os seus defeitos, poder-se-ia dizer, são justamente aqueles em que um homem de competitividade excepcional é suscetível de incorrer, agindo com um excesso dessas mesmas qualidades que, num sistema competitivo, tornam um homem invejado e admirado. Consequentemente, a violação dos códigos tradicionais por Ájax não o torna desprezível; as suas falhas não devem provocar desprezo ou hostilidade, porque são as falhas de um grande homem, e como tal tenderão não a comprometer, mas sim a aumentar a nossa admiração e a nossa simpatia. O contraste com os Atridas mais adiante na peça é instrutivo aqui; as violações que eles cometem das normas éticas convencionais são retratadas de forma bem diversa, como provenientes de traços, estes sim, desprezíveis e hostis, de suas deficiências de *areté*, de sua fraqueza, de seu ciúme e deslealdade para com um companheiro; e, por esta mesma razão, evocam (como veremos) o desprezo."

> Malcolm Heath (*The Poetics of Greek Tragedy*, Stanford, Stanford University Press, 1987, pp. 173-4)

"No prólogo, a percepção de Odisseu das ações de Atena deu-lhe excelentes razões para cultivar diferentes virtudes. Na cena final da peça, ele adere consistentemente às mesmas virtudes, mas desenvolve-as de interessantes maneiras. A percepção do que deve ser temido o tinha feito relutar em enfrentar o insano inimigo, mas agora lhe dá a coragem de fazer frente a Agamêmnon por uma questão de princípio. A *sophrosune* foi inicialmente mostrada como a prudente submissão à vontade de Atena, mas agora assume um caráter construtivo em relação aos outros mortais. Quando Odisseu abandona a sua vontade de ajudar no funeral de Ájax (vv. 1400 ss.), está submetendo seus próprios desejos, sem a coação do "medo oportuno", aos do inimigo, como símbolo de uma nova amizade com os sobreviventes. A reverência diante do poder manifesto de uma deusa terrível tornou-se a piedade mais profunda, que sustenta as leis divinas no interesse do outro. A perseguição ao inimigo para provar a sua culpa tornou-se a defesa daquele mesmo inimigo, em nome de uma justiça divina imparcial. A piedade baseada no destino comum de todas as criaturas vivas foi posta em ação como uma proposição real de ajuda, que transcende os limites das rixas pessoais. Separar a inimizade do ódio acabou se tornando uma distinção profunda entre a inimizade e a avaliação objetiva de valores. Finalmente, a esperteza de Odisseu, exibida no prólogo como uma astuta caçada em busca de provas, se transformou nas ações hábeis e cheias de tato de um verdadeiro amigo, louvada pelo coro como sabedoria (1374 ss.). Paradoxalmente, é precisamente esta flexibilidade que lhe permite permanecer consistente, uma vez que a possibilidade de mudança está embutida no seu quadro moral. Ela fornece assim um anteparo para a inflexibilidade, as deficiências e as inconsistências dos outros, que persistem até o final da peça — o favor de Agamêmnon para Odisseu não pode ser reconciliado com sua inimizade por Ájax, enquanto a nova amizade de Teucro com Odisseu colide com a hostilidade permanente de seu irmão. Num outro paradoxo, é necessário uma personalidade múltipla como a de Odisseu para reivindicar a heroica *areté* de Ájax. A sua visão construtiva, humana e flexível do mundo oferece um antídoto para os efeitos de um ódio desenfreado."

> Mary Whitlock Blundell (*Helping Friends and Harming Enemies: A Study in Sophocles and Greek Ethics*, Cambridge, Cambridge University Press, 1989, pp. 102-3)

"Será que o brilho intelectual de Odisseu e o sucesso que tem ao usá-lo fazem dele o verdadeiro herói da peça? Será que a excelência de Odisseu na argumentação, sua flexibilidade e sua retórica da 'mutabilidade' se revelam melhores do que a intransigência e o extraordinário isolamento de Ájax? Tudo isso nos demonstra que Odisseu realmente merecia as armas de Aquiles, no final das contas? Ou deveríamos ver a virtude de Odisseu como algo que possibilita certos tipos de compromisso que são úteis em alguns contextos mas traiçoeiros em outros? A posição de Ájax (e de Agamêmnon) — 'amigos que se transformam em inimigos não são de modo algum amigos' — não se mantém de pé? Não serão a 'mutabilidade' e a 'flexibilidade' meros eufemismos para 'traição'?

Até certo ponto, estas são questões que cada membro da plateia e cada leitor tem de decidir por si mesmo. E não fica claro se Sófocles está privilegiando em seu texto uma leitura ou outra. Como Blundell salienta, qualquer interpretação que procure decidir qual dos dois heróis da peça é o melhor, parte do princípio de que as diferentes *aretai* ('excelências') de Ájax e Odisseu podem ser medidas umas contra as outras. A peça parece sugerir o contrário: as virtudes dos dois heróis são incomensuráveis e cada uma tem o seu lugar. Por exemplo, foi dito que o critério para o 'julgamento das armas' era quem tinha a 'mão mais excelente' (*aristocheir*: v. 934). Odisseu só merece ganhar tal concurso se este aparente critério de proeza física for substituído ou complementado com um apelo à astúcia e às capacidades intelectuais. Mas a peça mostra que não houve acordo sobre qual foi o critério do 'julgamento' ou como ele deveria ter sido interpretado. Por conseguinte, não existe solução para a disputa entre Ájax e seus inimigos. De sua parte, Teucro reconhece que *ambos* heróis são os 'melhores' e, ao fazê-lo, talvez mostre o seu próprio (e terceiro) tipo de excelência e estatura (vv. 1381, 1415).

Os diferentes estilos de masculinidade e excelência de Ájax e Odisseu podem muito bem ser incomensuráveis. E as cômodas simplificações de Agamêmnon talvez tenham levado os críticos a esquecer o lado 'odisseico' de Ájax. Os delírios de Ájax, seu estado mental incerto e as opacidades de seu discurso enganoso tornam arriscado até mesmo tentarmos considerá-lo um personagem consistente. No entanto, os debates finais e a intervenção de Odisseu oferecem uma gama de 'modelos' de masculinidade e 'critérios' para se julgar o valor de um homem, o que teria levado o público ateniense, especificamente aquele do século V a.C., a questionar os seus próprios padrões normativos no julgamento do caráter e da virtude. A sagacidade agressiva e a lealdade destemida de Teucro mostram que *status* social, origem étnica e boa filiação nem sempre são critérios necessários ou suficientes para a atribuição de virtude e bom caráter. Agamêmnon, Menelau e Ájax demonstram que a arrogância e a inflexibilidade podem barrar o desempenho adequado de valores sociais tais como gratidão, *sophrosyne* e piedade. Odisseu nos mostra que a consciência da flexibilidade e da mutabilidade não precisa prejudicar a justiça, a *philia* ou os laços sociais. A espantosa capacidade de Ájax como guerreiro é figurada como salvadora de comunidades. Mas o critério de amizade da pólis expõe o seu excessivo individualismo e sua perigosa indisciplina.

Destas e de outras formas, as cenas de debate *de fato* promovem uma 'reabilitação' de Ájax *e* uma 'vitrine' para o heroísmo iluminado de Odisseu. Mas descrever o último terço da peça simplesmente em termos desta dupla função dificilmente faz justiça à forma deliberadamente confusa e complicada com que *todos* os personagens masculinos envolvidos acrescem e subtraem ao bom nome de Ájax. Teucro, Odisseu e mesmo os Atridas matizam nossa percepção das qualidades e deficiências de Ájax e aprofundam nossa ideia sobre as habilidades e virtudes de que um homem necessita no mundo social para além do campo de batalha."

        Jon Hesk (*Sophocles: Ajax*, Londres, Bristol Classical Press, 2003, pp. 129-30)

O *Ájax* de Sófocles[1]

Bernard Knox

A chave para compreender essa peça árdua e bela é o grande discurso no qual Ájax discute seu plano de ação e explora a natureza da vida humana sobre a terra (vv. 646-92). Essas linhas são tão majestosas, tão longínquas e misteriosas, e ao mesmo tempo tão passionais, tão dramáticas e complexas, que se isso fosse tudo o que tivesse sobrado de Sófocles, ainda assim teríamos de reconhecê-lo como um dos maiores poetas do mundo. Elas são o ponto em que a discussão principia e para o qual ela retornará, pois na peça todos os fios poéticos e temáticos que formam o padrão severo do *Ájax* nascem e deságuam nesse discurso. Essas linhas magníficas e enigmáticas, ora serenas, ora passionais, e colocadas no centro exato da ação, oferecem-nos o único momento de repouso e reflexão numa peça que começa numa violência e num ódio monstruosos e conserva essa atmosfera quase inalterada até o fim.

---

[1] Ensaio publicado originalmente em *Harvard Studies in Classical Philology*, vol. 65, 1961, pp. 1-37 (© Department of the Classics of Harvard University). A tradução foi realizada por Camila de Moura. Em razão do grande volume de notas presentes no texto original, optou-se por editá--las, ora suprimindo as notas puramente técnicas e bibliográficas, ora condensando notas similares numa única nota, ora selecionando criteriosamente seus conteúdos de acordo com os fins da presente edição. Destaca--se o fato de o autor ter autorizado a reprodução integral deste artigo com a omissão completa das notas em Thomas Woodward, *Sophocles*, Nova Jersey, Prentice Hall, 1966. (N. da T.)

Trata-se de uma peça intrigante. Desde que os eruditos começaram a estudá-la, ela tem sido criticada como defeituosa em sua estrutura, e as notas professorais do antigo escoliasta sobre a questão têm sido frequentemente ecoadas, ainda que em termos mais elegantes e conciliatórios, nos escritos dos críticos modernos. Para além do problema estrutural, é muito fácil que o crítico e o leitor modernos achem os personagens repulsivos: que vejam Atena como uma divindade maligna, Ájax como um guerreiro brutalizado, os Atridas e Teucro como brigões indignos, e Odisseu como um egoísta frio.

Nos últimos anos, um novo grupo de críticos mais favoráveis tentou reabilitar a peça; o mais influente entre eles é H. D. F. Kitto, que, trabalhando sobre a premissa incontestável de que Sófocles sabia mais de dramaturgia do que os dois Schlegels e Tycho von Willamowitz juntos,[2] parte do princípio de que a peça é um sucesso dramático e então tenta explicar o porquê. Em seu livro mais conhecido[3] (embora tenha mudado consideravelmente sua postura em trabalhos mais recentes sobre o assunto),[4] ele encontrou a solução para essa dificuldade na importância de Odisseu, que ele chamou de "pedra angular" da peça.[5] O capítulo de Kitto sobre o *Ájax* é tão bem escrito (e um alívio tão bem-vindo depois

---

[2] August Schlegel (1767-1845) e Friedrich Schlegel (1772-1829), figuras proeminentes do Romantismo Alemão, e Tycho von Willamowitz--Moellendorff (1885-1914), filho mais velho do célebre filólogo alemão Ulrich von Willamowitz-Moellendorff e autor de uma tese sobre a dramaturgia sofocliana. (N. da T.)

[3] H. D. F. Kitto, *Greek Tragedy: A Literary Study*, Londres, Methuen, 1939. (N. do A.)

[4] Idem, *Form and Meaning in Drama*, Londres, Methuen, 1956. (N. do A.)

[5] Idem, *Greek Tragedy*, op. cit., p. 123. Cf. também p. 122: "O fim é antes o triunfo de Odisseu que a reabilitação de Ájax". (N. do A.)

das exprobrações pedantes dos críticos do século XIX) que, numa primeira leitura, mostra-se surpreendentemente persuasivo, porém, quando o leitor troca de livro e volta a Sófocles, as dificuldades retornam. Pois Ájax, vivo e morto, impõe sua personalidade gigantesca em cada giro da ação, em cada discurso. Quando ele próprio não está falando, estão falando dele; um único assunto é discutido na peça, seja na voz de Ájax, Atena, Odisseu, Tecmessa, o mensageiro, Teucro, Menelau ou Agamêmnon — e esse assunto é Ájax. Ájax está no palco em todas as cenas, primeiro vivo e depois morto. As demais personagens o seguem aonde quer que vá; Odisseu segue em seu encalço até sua tenda, e depois Tecmessa e o coro seguem seu rastro até o local solitário na costa onde ele havia se matado.[6] A morte do herói, que na tragédia ática é normalmente descrita por um mensageiro que entra no palco acompanhando o corpo, ocorre no *Ájax* diante de nossos olhos, e, para tornar isso possível, Sófocles recorre ao expediente raro e trabalhoso de mudar de cena; quando Ájax caminha, a peça inteira vai atrás dele. Além disso, como observa Kitto, a poesia da peça (e ela contém algumas das linhas mais magníficas de Sófocles) é inteiramente atribuída a Ájax. Por mais brutal e limitado que ele seja, não há dúvida de que Sófocles o considerava heroico. Os lamentos de Tecmessa, de Teucro e do coro expressam nossa própria maneira de entender uma grande perda. O tom dos discursos proferidos sobre o seu corpo, na segunda metade da peça, enfatiza o fato de que o mundo se tornou um lugar pior e menor com a sua morte. A metade final da peça nos revela um mundo destituído de grandeza; tudo o que havia de grande no mundo está ali, morto, atravessado por aquela espada gigantesca, en-

---

[6] Esse ponto é enfatizado na fala de Teucro: "trilhando palmo a palmo o teu caminho" (v. 997, p. 107). Cf. v. 20, "eu sigo os rastros" (p. 15) e v. 32, "saio logo ao seu encalço" (p. 15). (N. do A.)

quanto homens menores, por bons e maus motivos, brigam pelo seu enterro. O tom nada heroico do fim da peça (com as suas ameaças, rompantes e insultos pessoais)[7] foi muitas vezes criticado como um fracasso artístico; com certeza esse tom é deliberado. Nada mais nos faria sentir o que aconteceu. Uma idade heroica chegou ao fim, para ser sucedida por outra em que a ação é substituída pelo debate, a insubordinação, pelo acordo, a afronta, pela resignação. Nunca mais terá lugar a autoafirmação heroica de um Aquiles, de um Ájax; o melhor que este novo mundo tem a oferecer é o temperamento humano e condescendente de Odisseu, e o pior, a crueldade brutal e cínica dos Atridas. Mas nada equiparável à grandeza do homem que jaz ali, morto.

A poesia da peça está toda nos discursos de Ájax, e há um discurso de Ájax que é o auge da poesia sofocliana. *Hápanth'ho makròs kanaríthmetos khrónos...* "O tempo, em sua sucessão de números, revela e encobre o que trazia à luz..."[8] As linhas de abertura do discurso levantam o problema explorado na peça como um todo: a existência do homem no tempo e as mudanças que o tempo acarreta. É significativo que o *Ájax*, contrariamente à prática sofocliana segundo a conhecemos a partir das peças supérstites, traga ao palco um deus olímpico,[9] pois a diferença entre homens e deuses é definida com maior nitidez na sua relação com o tempo — mortalidade e imortalidade são condições de sujeição ou independência em relação ao tempo.

[7] Esse tom é definido, a nosso ver, pelas palavras dos versos 1319-24 (pp. 134-5): *boén* ("algazarra"), *aiskhístous lógous* ("fala porca"), *phlaûra* ("insultos"), *épe kaká* ("grossuras") e *aiskhrá* ("afronta"). (N. do A.)

[8] Cf. vv. 646-7, pp. 74-5. (N. da T.)

[9] Além do *Ájax*, as únicas aparições atestadas de deuses olímpicos no palco sofocliano (o Héracles divinizado do *Filoctetes* pertence a uma categoria diferente) ocorrem nos *Skýrioi* (*Os homens de Esquiro*) e nos *Ikhneutaí* (*Os perseguidores*), ambos dramas satíricos. (N. do A.)

Essa diferença entre homem e deuses, o transitório e o permanente, é um tema a que Sófocles retorna em sua última peça, na qual Édipo, em Colono, esmiúça a diferença diante de Teseu. "Caríssimo filho de Egeu, somente para os deuses é que não há velhice e morte. Todo o resto se confunde no tempo todo-poderoso."[10] Ele prossegue descrevendo as mudanças que o tempo acarreta a todas as coisas humanas, em termos surpreendentemente semelhantes a linhas escritas muitos anos antes, no *Ájax*. O tema do homem, dos deuses e do tempo é, da primeira à última peça, uma das preocupações centrais da tragédia sofocliana.

No *Ájax*, esse tema desenvolve-se na exploração de um aspecto particular da atividade humana: o funcionamento de um código ético. Esse código era já bastante antigo no século V a.C., e, embora fosse mais apropriado às condições de uma sociedade heroica, ainda era reconhecido na Atenas democrática como uma norma de conduta válida. *Toùs mèn phílous eû poieîn, toùs d'ekhthroùs kakôs* — ajudar os amigos e ferir os inimigos. Uma regra simples, prática, natural. Do ponto de vista de uma sociedade cristã, é uma regra crua e cínica, mas, para todos os efeitos, bastante seguida. Porém, enquanto agora nós defendemos, ao menos da boca para fora, um ideal de conduta mais alto, o ateniense do século V aceitava esse código simples como uma moralidade válida.[11]

---

[10] *Édipo em Colono* 607-9: "ὦ φίλτατ' Αἰγέως παῖ, μόνοις οὐ γίγνεται θεοῖσι γῆρας οὐδὲ κατθανεῖν ποτε./ τὰ δ' ἄλλα συγχεῖ πάνθ' ὁ παγκρατὴς χρόνος". (N. da T.)

[11] Tanto em Xenofonte (*Memoráveis* 2.6.35) quanto em Platão (*Mênon* 71e), ele é apresentado como definição da *areté* do homem, *andròs aretén*. Em Xenofonte, *Memoráveis* 2.3.14 (e, com a devida ressalva, em Platão, *Clitofonte* 410a), ele é atribuído ao próprio Sócrates. Em Xenofonte, *Anábase* 1.9.11, o fato de Ciro ter seguido esse código é destacado como marca de sua grandeza. Nas *Coéforas* de Ésquilo (120-3), Electra pergunta ao coro se uma oração pedindo por uma vingança de morte é pia aos olhos dos deuses (εὐσεβῆ θεῶν πάρα;), e recebe uma resposta indig-

Era uma regra muito antiga (um forte argumento a seu favor para um povo em cujo idioma a palavra *néos*, "novo", possuía uma "noção colateral de *inesperado, estranho, indesejável, mau*");[12] parecia um salutar senso comum; e contava com a autoridade dos poetas, que, para a Atenas do século V, eram os formuladores oficiais de princípios éticos, os legisladores por excelência.

O Sócrates de Platão, que abre o grande debate da *República* rejeitando essa fórmula como definição de justiça, nega que os poetas possam ter dito algo assim. "Devemos combater, nós dois juntos", ele diz a Polemarco, "os que dizem que Simônides ou Bias ou Pítaco ou outro dos homens sábios e abençoados disse isso... Sabe de quem eu acredito que seja essa frase, que a justiça consiste em ajudar seus amigos e ferir seus inimigos? Acredito ser uma frase de Periandro, ou Pérdicas, ou Xerxes, ou Ismênias o tebano, ou outro homem do tipo...".[13]

Obviamente, ao tentar fazer dessa frase propriedade exclusiva de um tirano sanguinário de Corinto, um bárbaro da Macedônia, um déspota persa ou um conspirador tebano, Platão escreve com um toque de sarcasmo. Pois a máxima "Ajuda teus amigos, fere teus inimigos" nos encara desde as páginas dos poetas. Ela aparece em Arquíloco, Sólon, Teógnis, Píndaro, e foi atribuída a Simônides.[14] Ela continuou a ser uma regra de conduta universalmente aceita e admirada

---

nada: "Como não seria? Retribuir com males ao inimigo!" (πῶς δ'οὔ, τὸν δ'ἐχθρὸν ἀνταμείβεσθαι κακοῖς;). Cf. também Platão, *Críton* 49b, e Isócrates 1.26. (N. do A.)

[12] Cf. H. G. Liddell, R. Scott e H. S. Jones, *A Greek-English Lexicon*, Oxford, Oxford University Press, 1940. (N. do A.)

[13] *República* 335e. (N. do A.)

[14] Cf. Arquíloco 65 (Bergk); Sólon 13.5 (Bergk); Teógnis 869-72 (Bergk); Píndaro *Pítica* 2.83 e *Ístmica* 4.52 (Bowra). Além da passagem referida em Platão, *República* 331e (que parece querer dizer o que afirma

apesar de Platão rejeitá-la, e algo muito parecido é rejeitado por Cristo no século I d.C.: "Escutastes o que foi dito, que deveis amar o próximo e odiar vosso inimigo. Mas eu vos digo, amai vosso inimigo".[15]

Esse, claro está, é o *nosso* ideal de conduta, o ideal a que aspira a maioria de nós, em nossos melhores momentos. Mesmo que, lamentavelmente, continuemos a viver segundo a velha regra, contamos com a visão de um ideal mais alto. Mas esse não era o caso na Atenas de Sófocles. Essa fórmula simples, "Ajuda teus amigos, fere teus inimigos", era geralmente aceita, não apenas como um conselho prático inquestionável, mas como um princípio moral, uma definição de justiça, uma formulação da *areté*, a excelência específica, do homem.

O *Ájax* de Sófocles examina o funcionamento desse código. Esse é um tema que brota naturalmente da figura de Ájax, pois Sófocles o encontrou já formado nas sagas e no drama: a figura de um homem de impulso e ação vigorosos, cujo ódio por seus inimigos o leva a tentar perpetrar um ato monstruoso de violência e, quando este fracassa, a se matar.

O tratamento dado por Sófocles a esse tema, no entanto, revela uma atitude que difere daquela de Cristo ou de Platão. É uma atitude inteiramente sofocliana e do século V; ou seja, simultaneamente intelectual e prática e, ao mesmo tempo, irônica e trágica. A rejeição de Cristo da realidade do mundo (e a interpretação da lei mosaica usada para fundamentá-la) é justificada com um apelo a uma moralidade superior: "Amai vosso inimigo. Se amardes apenas quem vos ama, que prêmio obtereis?".[16] A rejeição de Platão da an-

---

Polemarco), Xenofonte atribui a ideia a Simônides em *Hierão* 6.12 e 2.2. (N. do A.)

[15] *Mateus* 5:43: "Ἀγαπήσεις τὸν πλησίον σου καὶ μισήσεις τὸν ἐχθρόν σου". (N. do A.)

[16] *Mateus* 5:46. (N. da T.)

tiga máxima baseia-se na sua inadequação como definição de justiça: o inimigo que você fere pode ser um homem justo, e de todo modo, mesmo que seja injusto, feri-lo só o tornará pior.[17] Mas a apresentação sofocliana do antigo código em ação faz com que seu funcionamento relativamente simples seja impraticável. O objetivo pode ser bom, mas no mundo em que vivemos, ele é inalcançável. A antiga moralidade é denunciada como um fracasso na prática.

Toùs mén phílous eû poieîn, "fazer bem aos amigos" — ninguém se opõe a isso (embora Cristo o rejeite como insuficiente); é na outra metade do mandamento, *toùs ekhthroùs kakôs*, que surgem os problemas. "Ferir vossos inimigos": isso aceita e justifica o ódio. O *Ájax* está cheio de ódio e inimizade. O ódio de Ájax por Odisseu era proverbial; ele foi imortalizado numa das passagens mais poderosas da *Odisseia*, e na peça de Sófocles encontra sua máxima expressão, junto com seu ódio pelos Atridas, o ódio destes por Ájax, e o ódio entre os Atridas e Teucro. Nenhuma outra peça de Sófocles tem discursos tão amargos; Ájax morre amaldiçoando seus inimigos (suas maldições são ecoadas por Teucro ao fim da peça), e, depois de sua morte, as cáusticas discussões entre os Atridas e Teucro fazem da segunda metade da peça uma discussão barulhenta e vulgar cuja dignidade só é restaurada em alguma medida pela intervenção tardia de Odisseu. As palavras gregas para inimizade e ódio (e há muitas, com um vasto leque de distinções sutis) dominam o vocabulário da peça. "Sempre te vejo", diz Atena, dirigindo-se a Odisseu nos primeiros versos: "Sempre te vejo à caça de uma ocasião contra os teus inimigos".[18] Este prólogo dispõe dian-

---

[17] *República* 334c-335b. (N. do A.)

[18] Cf. vv. 1-2, p. 13: "Registro há muito, herói, a tua sina: armar planos de caça ao inimigo". As citações e paráfrases feitas por Knox do texto do *Ájax* são traduzidas livremente pelo próprio autor com vistas a

te de nós, numa brilhante economia dramática, três atitudes em relação ao código tradicional, e, como seria de se esperar da soberba dramaturgia de Sófocles, elas não são descritas, mas expressas em ações.

A atitude mais simples é a de Ájax, que viveu por essa fé e por ela morrerá muito em breve. Ele representa a selvageria do "fere teus inimigos" de uma forma extrema; vangloria-se da violência que dispensa aos animais que acredita serem seus inimigos. Acredita ter matado os filhos de Atreu, e orgulha-se disso; saboreia antecipadamente o prazer que sentirá ao açoitar Odisseu antes de matá-lo. Quando Atena o exorta a desistir da tortura, ele lhe diz de forma cortante que cuide de sua própria vida. E retoma o trabalho de carniceiro com um deleite evidente: *khorô pròs érgon* — "De volta ao trabalho!".[19]

Ele está louco, é claro, e a sua loucura foi infligida por Atena. Mas essa loucura consiste apenas em confundir animais e homens; ela afeta mais sua visão que sua mente.[20] Os verbos usados por Atena deixam claro que ela não está provocando sua intenção de assassinar os reis aqueus; ela apenas desvia, atrapalha, testa, limita e impulsiona uma força que

---

ilustrar sua interpretação do texto. Optou-se por traduzir diretamente as traduções de Knox do inglês nos casos em que há divergências em relação à presente tradução, ou nos quais a ênfase recai sobre certos aspectos semânticos ou sintáticos ora nuançados. Sempre que isso ocorrer, o texto da presente edição será indicado em nota de rodapé, como neste exemplo. Adaptou-se também por vezes a tradução de base para refletir as imprecisões ou variações das paráfrases de Knox. (N. da T.)

[19] Cf. v. 116, p. 27: "Começo a execução". (N. da T.)

[20] Sófocles constrói este ponto com cuidado. Atena descreve sua ação em termos que remetem à visão de Ájax (vv. 51-2: "lançando em sua vista/ maciças crenças") e depois tranquiliza Odisseu com a promessa de novas ações do mesmo tipo (vv. 69-70: "Em outra direção, seus olhos/ não poderão focar tua figura"; v. 85: "Quando mirar, negrejo a sua vista"). (N. do A.)

já está em movimento. A intenção de torturar e assassinar já se encontrava em Ájax quando ele estava são; quando se recupera do delírio, seu único arrependimento é que suas vítimas fossem ovelhas em vez de homens, e sua desgraça é ter fracassado na tentativa de assassinato. Ájax não precisava ter sido levado à loucura para tentar causar dano a seus inimigos; uma vez reestabelecida sua sanidade, ele não duvida nem por um segundo da legitimidade de seus atos. Ficamos sabendo mais tarde, por Tecmessa, que ele gargalhou ao cometer essas crueldades. Uma tal fruição da vergonha e da impotência do inimigo está de acordo, é claro, com a antiga moralidade; é seu direito e privilégio. Se é correto ferir seus inimigos, não há motivo para não gozar com isso. Na verdade, há todos os motivos para fazê-lo.

Há uma deusa no palco ao longo dessa cena, e ela nos mostra a atitude divina frente à moralidade tradicional. Ela é exatamente a mesma, ponto a ponto, que a de Ájax. *Toùs ekhthroùs kakôs*. Ájax é seu inimigo. Conforme ficamos sabendo mais adiante na peça, ele despertou sua ira por uma resposta ofensiva e insolente. Ela fere seu inimigo. Ela o expõe em sua loucura diante de seu adversário, Odisseu, e deixa que ele se incrimine com palavras saídas de sua própria boca.[21] Atena ridiculariza Ájax como ele ridiculariza seus próprios inimigos, ao se apresentar como sua "aliada" e aceitar ironicamente seus comandos ofensivos. Ela fere e ridiculariza seu inimigo, Ájax, e ajuda seu amigo, Odisseu, que nesta cena enfatiza sua devoção a ela e é assegurado pela deusa de seu favor contínuo. Atena é a moralidade tradicional personificada, em toda a sua feroz simplicidade.

---

[21] Esta cena tem uma importante função dramática: como os aqueus saberiam que Ájax tinha a intenção de assassinar reis, e não bezerros, sem que Ájax se incriminasse diante de Odisseu? Atena explica que Odisseu deve atuar como testemunha: "para que contes tudo aos argivos" (v. 67, p. 19). (N. do A.)

A terceira figura no palco durante o prólogo, Odisseu, chega ali à caça do seu inimigo. Ele é informado pela deusa de que Ájax tinha a intenção de matá-lo, e depois fica sabendo que Ájax insiste em torturar o animal que acredita ser Odisseu em pessoa. Odisseu tem a incumbência de relatar aos aqueus as intenções criminosas de Ájax, e torna-se assim instrumento da queda de seu inimigo. E ele é convidado pela deusa a se deleitar com a desgraça de Ájax, a ridicularizá-lo, a ecoar a gargalhada de Ájax diante dos sofrimentos imaginários de seus inimigos. Odisseu tem todas as razões do mundo para se deleitar com o espetáculo revelado a ele por Atena, mas não é capaz de fazê-lo. "Apiedo-me dele", ele diz, "embora seja meu inimigo."[22] Tanto a autoridade do antigo código heroico quanto o convite explícito da deusa fracassam, arrebatados por esse sentimento repentino de piedade. Odisseu abandona a antiga moralidade no momento da vitória e da exultação. Ele faz isso pois se coloca, em sua imaginação, no lugar do inimigo, "considerando o seu caso tanto quanto o meu", para usar suas próprias palavras.[23] Na ruína de Ájax ele enxerga, além da queda de um homem que era, e ainda é, seu inimigo mais perigoso, uma prova da condição frágil e transitória de toda a humanidade, incluindo a si próprio. "Os que vivemos somos imagens, ou sombras ligeiras."[24] Que o grande Ájax tenha sido reduzido a esse estado de impotência delirante não é motivo para o triunfo de um homem seu semelhante, mas antes uma recordação melancólica da instabilidade e da fragilidade trágica de todas as coisas humanas.

---

[22] Cf. v. 122, p. 29: "o infeliz merece o meu lamento". (N. da T.)

[23] Cf. v. 124, p. 29: "Não só o seu destino vem à tona". (N. da T.)

[24] Cf. vv. 125-6, p. 29: "Resumo nossa condição humana:/ volúvel sombra, espectros tão somente". (N. da T.)

Dessas três atitudes frente à moralidade tradicional, a mais perturbadora para o leitor moderno é aquela da deusa. A plateia presente no teatro de Dioniso já havia visto deuses no palco antes, mas, até onde sabemos, eles não viam algo tão vingativo e feroz quanto essa Atena desde que Ésquilo pusera as Eumênides em cena; essa Atena parece derivar do mesmo conceito de divindade que inspiraria tempos depois a Afrodite e o Dioniso de Eurípides. Sua aderência rígida ao código tradicional e o refinamento adicional de ridicularizar sua vítima parecem ainda mais repulsivos em contraste com a atitude elevada de Odisseu.

Mas é preciso recordar que para Sócrates e seus contemporâneos, homens e deuses não eram julgados segundo os mesmos critérios. O ideal cristão, "Sede perfeitos, como é perfeito vosso pai celestial",[25] faria pouco ou nenhum sentido para um ateniense do século V, cuja convicção religiosa mais profunda era expressa com máxima clareza usando termos opostos: "Não aja como um deus". Claramente Sófocles admira a atitude de Odisseu, mas não devemos presumir com isso que ele esteja criticando a atitude de Atena. Ela é uma deusa, e sua atitude deve ser examinada sob uma luz distinta.

Sua atitude é consistente. Odisseu, que ela ajuda e recompensa, sempre foi seu amigo, e Ájax, que ela frustra e ridiculariza, é um inimigo de longa data. O tratamento ofensivo que dispensa à deusa no prólogo não é um fenômeno errático produzido por sua loucura, pois muito antes, quando em pleno controle dos sentidos, ele a havia insultado exatamente da mesma maneira e quase exatamente com as mesmas palavras, conforme o mensageiro nos revela mais tarde. Com suas "palavras terríveis que nunca deveriam ter sido

---

[25] *Mateus* 5:48. (N. do A.)

proferidas",[26] Ájax provocou a fúria de Atena, que ela satisfaz ao ridicularizá-lo na cena de abertura.

Mas sua atitude não é apenas consistente, ela também é justa. Ájax merece ser punido não apenas pelo assassinato do gado (que era propriedade comum do exército aqueu) e dos homens que o guardavam (os quais Ájax, como é típico, nem mesmo menciona), mas também porque os verdadeiros alvos da sua chacina sanguinária eram Odisseu e os filhos de Atreu, os reis e comandantes do exército. No prólogo, Atena é a ministra da justiça. Sua insistência, apesar dos protestos indignados e reiterados de Odisseu, em expor Ájax na sua loucura diante do inimigo, não é mera vingança, mas uma etapa necessária para a sua condenação. A prova da culpa mais profunda de Ájax, sua intenção de assassinar os reis, deve sair de sua própria boca na presença de uma testemunha. O que Atena faz, ao confundir sua visão, é impedir que Ájax cometa o grave crime que ele planejou, e revelar a Odisseu a prova irrefutável de que o crime menor que ele perpetrou, não fosse por sua intervenção, teria sido um massacre de reis, não de animais. Certamente, esse é o funcionamento da justiça. A deusa frustra e ridiculariza seu inimigo, mas poderíamos dizer igualmente que ela aturde e condena um malfeitor. O funcionamento do antigo código brutal, na ação da deusa, corresponde ao funcionamento da justiça.

Que ela obtenha um prazer cruel da sua humilhação, nos termos da moralidade aceita, é algo natural e correto; em termos teológicos, é ao menos lógico. Uma concepção estrita da justiça não tem espaço para a misericórdia, que pode moderar a punição e evitar a retaliação. Que Atena, além de infligir uma punição total, também obtenha prazer com a queda do malfeitor, é algo difícil de aceitar para a nossa sen-

---

[26] Cf. v. 773, p. 85: "Terríveis termos ímpios". Por "que nunca deveriam ter sido proferidas", Knox traduz o termo grego *árretos*, aqui vertido por "ímpios". (N. da T.)

sibilidade cristã moderna. No entanto, mesmo a consciência cristã, impregnada como ela é pelo ideal de misericórdia, pode ocasionalmente sentir algo similar. Na *Divina Comédia*, o escárnio brutal a que Dante expõe o torturado papa Nicolau é acolhido calorosamente por Virgílio.[27] E a mesma *anima naturaliter Christiana*[28] condena enfaticamente a piedade de Dante pelos profetas grotescamente mutilados. Essa passagem oferece um paralelo interessante com o prólogo do *Ájax*. O que inflama a piedade de Dante é a "nossa imagem tão torta", *la nostra imagine sì torta* — um sentimento afim à simpatia de Odisseu por Ájax, "sujeito à ilusão cruel".[29] A repreensão de Virgílio é dura e amarga. "Ainda estás co'os tolos enganosos? Para o piedoso, aqui piedade é morta": *Qui vive la pietà quand'è ben morta*.[30]

A atitude de Atena é a de uma divindade impiedosa, mas justa, que pune o malfeitor. Ao mesmo tempo, é a atitude de uma inimiga vitoriosa que paga o mal com mal e exulta com a queda de seu oponente. Neste sentido, é exatamente a mesma de Ájax, algo enfatizado pela repetição das mesmas palavras e sentimentos nos discursos da deusa e do herói. "O riso em face do inimigo não é o que mais apraz?"[31] Atena pergunta a Odisseu, e Ájax descreve um Odisseu imaginário aguardando na tenda pela tortura como o "prisioneiro que mais me apraz".[32] Atena ironicamente pede a Ájax

---

[27] *Inferno* 19, 90 em diante. (N. do A.)

[28] "Alma naturalmente cristã", epíteto tradicionalmente associado a Tertuliano (séc. II-III d.C.). Na década de 1930, passa a ser utilizado para referir Virgílio como um prenunciador do cristianismo, a partir do trabalho do crítico e tradutor alemão Theodor Haecker. (N. da T.)

[29] Cf. v. 123, p. 29: "Pois o sujeita o braço da catástrofe". (N. da T.)

[30] *Inferno* 20, 27-8 [Dante Alighieri, *A Divina Comédia*, tradução de Italo Eugenio Mauro, São Paulo, Editora 34, 1998, p. 140]. (N. do A.)

[31] Cf. v. 79, p. 21: "O que supera o riso ao adversário?". (N. da T.)

[32] Cf. vv. 105-6, p. 25: "a presa que me apraz/ ao máximo". Knox

que não "humilhe"³³ o seu prisioneiro, mas é exatamente o que ela faz com Ájax, como ele percebe mais tarde: "a deusa forte, filha de Zeus, humilha-me até a morte".³⁴ Nessa aderência acrítica ao código tradicional e na plena fruição que obtêm da crueldade que ele impõe, não há diferença entre a deusa e o homem.

Mas isso não constitui, como o leitor moderno presume instintivamente (e como seria o caso em Eurípides),³⁵ uma crítica a Atena. Trata-se, pelo contrário, da medida da presunção heroica de Ájax. Ele assume o tom e a atitude de um deus. E isso não é algo que ele desenvolveu recentemente. Ájax sempre sentiu e agiu dessa maneira. Quando, mais adiante na peça, o mensageiro descreve sua resposta ultrajante à exortação de Atena antes da batalha, ele define a natureza do orgulho de Ájax. Ájax "não pensava como um humano".³⁶ Ele também cita as palavras de Calcas, que diz que Ájax, "sendo humano por natureza, não pensa como humano".³⁷ O tom dos discursos de Ájax no prólogo não é fruto de seu delírio, mas a expressão da sua natureza como ela sempre foi.³⁸ E esse tom é inconfundível. Ele fala e age

---

enfatiza na sua tradução a semelhança entre as formas *gélos hédistos* (v. 79) e *hédistos... desmótes* (v. 105). (N. da T.)

[33] Cf. v. 111, p. 27: "De ultraje assim, o desditoso poupa!". (N. da T.)

[34] Cf. v. 401, p. 53: "A dura Atena me arruína". Knox enfatiza a semelhança entre as formas *aikíse* (v. 111) e *aikízei* (v. 403). (N. da T.)

[35] A ideia de que os deuses deveriam ser melhores e mais sábios do que os homens é um lugar-comum em Eurípides. Cf., p. ex., *Hipólito* 120 e *Bacantes* 1348. (N. do A.)

[36] Cf. v. 777, p. 85: "deixando de pensar como ente humano". (N. da T.)

[37] Cf. v. 761, p. 83: "embora humano, evita o raciocínio". (N. da T.)

[38] Em 387-91, Ájax deseja matar Odisseu, os Atridas e finalmente a si próprio, e em seu discurso final clama por vingança contra todo o exér-

como um deus; supõe não apenas que é igual a Atena, mas que é superior a ela. Atena reconhece sarcasticamente essa sua concepção da relação dos dois ao usar a palavra "aliada" (*sýmmakhos*, v. 90, p. 23) para se referir a si própria; essa palavra, no jargão oficial ateniense (ela era a designação oficial das cidades dominadas e das ilhas do império), sugere inferioridade,[39] e fica claro que Ájax a vê assim. Ele lhe dá ordens, *ephíemai* (v. 112, p. 27), uma palavra forte que ele repete algumas linhas depois (v. 116);[40] ele recusa de forma rude e ultrajante seu pedido de clemência para com Odisseu, e quando ela lhe diz que proceda como achar melhor, ele lhe ordena de forma condescendente que seja sempre para ele esse tipo de aliada, ou seja, uma aliada subserviente.[41]

Essa confiança divina de que se imbui Ájax é apenas uma expressão extrema da sua feroz dedicação à moralidade tradicional. Ao seguir o código heroico até os extremos sanguinários e megalomaníacos que o prólogo nos mostra, ele age não como um homem, mas como um deus. "Dai-me Zeus", canta Teógnis, aquele poeta amargo e vingativo, "pagar os amigos que me amam e os inimigos que me sobrepujam, e eu serei como um deus entre os homens."[42] Ájax age e pensa como um deus entre homens. Como um deus ele julga, condena e executa seus inimigos, com rapidez, certeza e justificada ira. Os deuses de fato se comportam assim, mas

---

cito aqueu (843-4) — uma vingança muito maior do que aquela que havia planejado em seu delírio. (N. do A.)

[39] No argumento de Teucro (v. 1098, p. 115), *sýmmakhos* ("aliado") significa claramente "inferior", "subordinado"; e contrasta com *hautoû kratôn* ("por vontade própria", v. 1099). (N. do A.)

[40] Essa é uma palavra característica de Ájax. Cf. v. 991, p. 107: *ephíeth' hanèr keînos* ("o herói solicitava"). (N. do A.)

[41] Cf. v. 117, p. 27: "fica sempre a meu lado, minha aliada". (N. do A.)

[42] Teógnis 337-9. (N. do A.)

eles podem fazê-lo pois têm conhecimento. "Aprende", diz Atena a Odisseu, "de quem tem ciência."[43] Mas o homem é ignorante. "Nada sabemos com clareza", diz Odisseu, "Estamos à deriva."[44] O mesmo padrão de conduta não pode ser válido para os homens em sua ignorância e para os deuses em seu conhecimento. O que é errado para um pode ser certo para o outro.

De fato, para os deuses, a antiga regra, de ajudar seus amigos e ferir seus inimigos, é uma regra adequada. A cláusula que Sócrates acrescenta a ela na *República* — "se nossos amigos são bons, e nossos inimigos, maus"[45] — também se aplica aos deuses. Ao ferir seu inimigo Ájax, Atena está punindo um malfeitor. E em suas palavras finais ela afirma essa identificação geral do amigo com o bom e do inimigo com o mau, em relação aos deuses como um todo: "Os deuses amam os que têm autocontrole, e odeiam os maus".[46] Mas homem nenhum pode afirmar distinguir com certeza, como fazem os deuses, entre homens bons e maus. "Nada sabemos com clareza, estamos à deriva."

Um homem não pode saber com certeza se seus amigos são bons ou maus, quanto mais seus inimigos. Mas a sua ignorância é ainda mais profunda. Ele não pode saber com certeza nem mesmo quem *são* seus amigos, e da mesma forma, tampouco pode saber quem são seus inimigos. As relações humanas (como demonstra a ação da peça) são tão instáveis, tão cambiantes, que a distinção entre amigo e inimigo não permanece a mesma. A vida humana é um fluxo onde

---

[43] Cf. v. 13, p. 13: "assim aprendes de quem tem ciência". (N. da T.)

[44] Cf. v. 23, p. 15: "tateamos tudo sem ter nada certo". (N. da T.)

[45] *República* 335a. (N. do A.)

[46] Cf. v. 133, p. 29: "Ódio ao vil, não ao sábio, o lema olímpico". Essas linhas finais do prólogo, posicionadas de maneira tão enfática e vindas de fonte tão fidedigna, não podem ser ignoradas ou menosprezadas. (N. do A.)

tudo está em processo de incessante mudança. "Um dia basta", diz Atena, "para pôr abaixo e erguer de novo todo feito humano."[47] O nome desse fluxo onde todas as coisas humanas se dissolvem e voltam a ser é *tempo, khrónos*. "O tempo, em sua sucessão de números, revela e encobre o que trazia à luz. Inexiste o imprevisto."[48] É o que nos diz Ájax, em palavras que recordam as de Atena.

A sentença é especialmente verdadeira no que se refere às relações entre homens, amizade e inimizade. Com o passar do tempo, amigos tornam-se inimigos e inimigos tornam-se amigos. O próprio *Ájax* é um panorama perturbador dessas relações flutuantes. Ájax chegou a Troia como aliado dos filhos de Atreu, mas tornou-se inimigo deles e tentou assassiná-los. "Acreditamos", diz Menelau sobre o corpo de Ájax, "ter ao nosso lado um aliado aqueu (...) e ele se revelou pior que os frígios."[49] Tecmessa, uma troiana, uma inimiga dos invasores gregos, viu sua cidade destruída por Ájax, e foi feita sua prisioneira e concubina. No entanto, ela é a única que o ama de verdade; o homem que destruiu sua cidade e a escravizou[50] é, nas suas palavras, tudo para ela — mãe, pai, pátria, fortuna. Ájax e Heitor eram dois campeões inimigos, e lutaram diante das fileiras dos exércitos reunidos num combate singular;[51] quando o sol se pôs e não se havia chegado

---

[47] Cf. vv. 131-2, p. 29. (N. da T.)

[48] Cf. vv. 646-8, p. 75. (N. da T.)

[49] I. e., os inimigos troianos. Cf. 1052-4, p. 113. (N. da T.)

[50] Cf. vv. 487-9, p. 59: "Nasci de um homem livre (...). Agora sou escrava". (N. do A.)

[51] O combate é mencionado por Teucro (v. 1283 em diante). Kitto (*Form and Meaning, op. cit.*, pp. 193 ss.) atribui grande importância ao episódio; ele vê na morte de Ájax pela espada de Heitor, e na morte de Heitor, arrastado pelo cinto de Ájax, a realização da *Díke*: "Eles lutaram em duelo; nenhum foi capaz de triunfar. Agora, mataram um ao outro; o padrão interrompido foi realizado". (N. do A.)

a uma decisão, eles trocaram presentes em sinal de respeito mútuo, e se separaram como amigos. A espada que Ájax tem nas mãos ao fazer seu grande discurso, e com a qual deverá enfim se matar, é a espada de Heitor, seu amigo-inimigo. Ájax e Odisseu, antes companheiros de armas e membros da mesma embaixada que vai à tenda de Aquiles,[52] são agora inimigos mortais. Na peça, o exemplo mais chocante da mutabilidade das relações humanas é aquele que Ájax não viverá para ver: Odisseu, seu arqui-inimigo, se apiedará dele, e lutará contra Agamêmnon para defendê-lo, para que seja possível enterrar o seu corpo. Na vida humana, que está sujeita ao tempo, nada permanece estável, muito menos a amizade e a inimizade. Num mundo assim, "Ajuda teu amigo, fere teu inimigo" é inútil como guia. Como um homem pode ajudar seus amigos e ferir seus inimigos se esses papéis se alternam tão rapidamente?

Ájax chega enfim ao momento de visão lúcida, quando vê o mundo em que o homem vive pelo que realmente é. Ele explora, por si e por nós, a natureza da mudança incessante que é o padrão do universo. O famoso discurso em que isso se dá causou uma polêmica que segue viva entre os críticos; existem duas principais escolas de pensamento a esse respeito. Uma acredita que o discurso é uma retratação sincera pela insubordinação, uma decisão de se submeter à autoridade, humana e divina, e então seguir vivendo. A outra acredita que o discurso é uma confirmação disfarçada e ambígua da vontade do herói de morrer, e embora diversos críticos dessa escola majoritária discordem quanto ao grau de sinceridade ou insinceridade do discurso, todos eles estão de acordo num ponto: que o discurso tem por intenção enganar Tecmessa e o coro.

---

[52] Na *Ilíada*, Ájax e Odisseu lideram a embaixada que vai à tenda de Aquiles (IX), e mais adiante (XI, 484-6), Ájax protege com seu escudo Odisseu ferido. (N. do A.)

A primeira dessas duas posições, defendida mais recentemente com a clareza e a eloquência habituais por Sir Maurice Bowra, deve ser confrontada com sérias objeções. Em primeiro lugar, ela nos coloca diante de um Ájax que mais tarde, fora do palco e sem preparo ou explicação, muda de ideia quanto ao problema crucial de vida ou morte, e a única maneira que Bowra encontra para justificá-lo é supondo um novo acesso de loucura infligido por Atena, para o qual obviamente não há qualquer evidência no texto sofocliano.[53] Mas o mais importante é que tal leitura do discurso ignora completamente o fato evidente de que a linguagem de Ájax nesses versos é a de um homem obcecado pela ideia da morte; suas palavras nos remetem de forma insistente e enfática ao tema da morte. Ele diz que "esconderá" a sua espada; o tempo, como acaba de nos dizer numa frase em que se refere à morte, "esconde aquilo que trazia à luz", e mais tarde Tecmessa encontrará a espada de Heitor "escondida" em seu corpo.[54] "Agora irei banhar-me" — *prós te loutrá*[55] — a palavra que ele usa é geralmente usada para descrever a lavagem do corpo antes da inumação, e aparece com esse sentido no fim da peça, quando Teucro e o coro se preparam para enterrar Ájax.[56] "Que a noite e o Hades guardem-na aí

---

[53] Obviamente, Bowra está ciente dessa dificuldade e a declara abertamente. (N. do A.)

[54] O verbo *krýpto* ("esconder", "ocultar") e seus cognatos aparecem nos versos 647 (*krýptetai*, p. 75), 658 (*krýpso*, ibidem) e 899 (*kryphaío*, p. 97). (N. da T.)

[55] Cf. v. 654, pp. 74-5. (N. da T.)

[56] Cf. vv. 1404-5, pp. 144-5: "providenciem uma trípoda/ alta, com fogo a seu redor, seguindo/ os ritos de lavagem". Em Sófocles, essa palavra (salvo uma única exceção, em *Traquínias* 634) refere-se às libações dos mortos (*Electra* 84 e 434) ou à lavagem do corpo (*Antígona* 1201 e *Electra* 445 e 1139). No *Édipo em Colono* (vv. 1599 e 1602), ela se refere às preparações para a morte levadas a cabo por Édipo. Cf. também Eurípides, *Fenícias* 1667 e *Hécuba* 611 e 780. (N. do A.)

embaixo",⁵⁷ ele diz da espada, uma frase com insinuações ominosas, pois a palavra *káto* ("embaixo") em Sófocles sempre se refere, quando usada em sentido locativo, aos mortos, ao submundo, e é assim no discurso final de Ájax, onde ele anuncia que falará "aos que estão embaixo, na casa de Hades": *en Haídou toîs káto*.⁵⁸

Essas sentenças ominosas são típicas do discurso como um todo; por toda parte a linguagem alude, ora sutil, ora abertamente, à morte. Se o discurso visa a comunicar sua decisão sincera de renunciar ao suicídio, reconciliar-se com os inimigos e com os deuses e viver, ele emprega termos estranhos — termos realmente inapropriados. Mesmo num artista menor, um uso tão insensível da linguagem seria espantoso. Em Sófocles, é impensável.

Será o discurso, então, um *Trugrede*?⁵⁹ Terá Ájax a intenção de enganar seus ouvintes, dissimulando seu propósito inalterado — a morte — com palavras ambíguas? Não há dúvida de que ele realmente engana Tecmessa e os marinheiros; Tecmessa depois se queixa amargamente por ter sido "expulsa de seu amor e ludibriada".⁶⁰ Mas será que Ájax engana Tecmessa e o coro de modo consciente e deliberado? Se assim for, estamos diante de um problema tão difícil quanto aquele suscitado pelo primeiro ponto de vista — uma grave

---

⁵⁷ Cf. vv. 658-60, pp. 74-5: "esconderei a espada (...)/ numa vala secreta, fundamente/ escavada, à mercê da noite e do Hades". (N. da T.)

⁵⁸ Cf. v. 865, pp. 92-3: "As outras [palavras] eu reservo aos de baixo". (N. da T.)

⁵⁹ "Discurso enganoso". A expressão, corrente entre os críticos da peça, remete ao trabalho de Karl Reinhardt, *Sophokles*, Frankfurt am Main, V. Klostermann, 1933. A abordagem do assim chamado *Trugrede* por Knox neste texto constitui um marco crítico no tratamento da questão. (N. da T.)

⁶⁰ Cf. vv. 807-8, pp. 88-9: "o herói traiu-me,/ me descartou do seu antigo afeto". (N. da T.)

inconsistência de caráter. O caráter de Ájax é aquiliano; pode ser muito fácil levá-lo a extremos de violência, mas não a enganar.

Muitos críticos versados e sutis da peça tentaram contornar essa dificuldade, apresentando-nos um Ájax que engana deliberadamente e que, no entanto, continua sendo o herói simples e franco da tradição, mas isso é tentar o impossível. O que eles conseguem na melhor das hipóteses é encontrar uma fórmula ainda mais complicada e eufemística para o fato de que, de acordo com essa visão, Ájax engana consciente e deliberadamente os seus ouvintes. E como observa Bowra de maneira enfática (e correta), essa é a última coisa que Ájax faria.

Essa tentativa de enganar não apenas soa atípica; ela também carece de motivação. Por que razão Ájax enganaria os seus ouvintes? Na cena anterior ele deixou perfeitamente clara sua intenção de se matar, anunciou sua decisão com firmeza, negou-se a discutir o assunto e silenciou brutalmente a tentativa de Tecmessa de dissuadi-lo. Por que disfarçaria agora suas intenções? A única razão plausível que os críticos puderam sugerir é que ele deseja morrer sozinho e em paz, e que, portanto, precisa enganar Tecmessa e o coro para sair sozinho com sua espada, sem ser perturbado. Mas isso, em especial quando a cena é imaginada teatralmente, não é muito adequado. Será que Tecmessa e os marinheiros do coro, sempre tão prudentes, ousariam se opor a esse homem gigantesco, imperioso, de temperamento e língua ferinos, que irrompe com uma espada desembainhada na mão? Se agora ele saísse irado, anunciando que encontraria um lugar solitário para se matar, seria realmente possível imaginar que o coro e Tecmessa pudessem oferecer qualquer resistência efetiva à sua passagem? Na cena anterior, eles haviam apelado com toda a coragem que encontraram, e foram categoricamente ordenados a não se intrometer; algo que emerge claramente dessa cena é que Ájax, entre todos os homens, é o mestre de sua própria casa.[61] A ideia de que ele teria de mentir para escapar de Tecmessa e dos marinheiros é algo em que Ájax jamais teria pensado. A intenção de enganar não é apenas atípica de Ájax, ela também carece de motivo adequado dentro das circunstâncias dramáticas.

Com isso, os dilemas enfrentados pelos críticos anteriores são simplesmente substituídos por outro dilema, que parece igualmente insolúvel. Se Ájax não está tentando enganar Tecmessa e o coro, dissimulando sua resolução inquebrantável de morrer com frases ambíguas, nem está, por outro lado, tentando dizer a eles, sinceramente e sem reservas, que irá fazer as pazes com homens e deuses e seguir vivendo, o que então ele está tentando lhes dizer?

Só há uma resposta possível. Ele não está tentando dizer nada a ninguém. Ele está falando consigo mesmo. Durante a primeira parte de seu discurso, ele está alheio à presença dos demais, totalmente absorto em si, numa tentativa de compreender não apenas a natureza do mundo que o trouxe a este impasse, como também os novos sentimentos que despontam e que o impelem a reconsiderar sua decisão pela morte.

Essa solução da dificuldade, segundo a qual as primeiras 39 linhas do discurso de Ájax são um solilóquio (o que elimina o problema das suas intenções em relação a Tecmessa e ao coro), é sugerida por um traço incomum do discurso, que não tem recebido a atenção que merece. O discurso começa imediatamente depois dos versos finais de um estásimo coral e, portanto, abre a cena. Porém, contrariamente à prática habitual, ele mergulha abruptamente em reflexões filosóficas sobre o tempo, sem se dirigir em nenhum momento ao coro ou a Tecmessa. No teatro de Dioniso, a vasta dimensão da arquibancada, a distância entre os espectadores (mes-

---

[61] Versos impacientes e agressivos como 293, 342-3, 540, 543 e 586-95, constroem ao nosso ver a imagem de um homem que muito provavelmente não permitia interferências ou mesmo objeções. (N. do A.)

mo os mais próximos) e os atores, e sobretudo as máscaras, eliminavam o recurso da expressão facial que no teatro moderno faz com que a direção das palavras do ator seja imediatamente perceptível; podemos ver, e não precisamos ser informados, quem o ator está interpelando. Mas o dramaturgo ateniense (e isso era especialmente verdadeiro para os momentos de abertura de uma nova cena) sentia-se obrigado a estabelecer, de maneira firme, clara e imediata, a relação entre o orador da abertura e seus interlocutores. Ele estabelece entre o orador que abre a cena e a outra pessoa ou pessoas no palco ou na orquestra uma interação verbal evidente, por meio de uma introdução coral, uma fórmula vocativa ou um verbo na segunda pessoa. Mas nesse discurso não há nada do tipo para indicar com quem Ájax está falando, nada até a quadragésima linha.

Tal discurso de abertura quase não encontra paralelo na tragédia sofocliana. Na realidade, há um único paralelo. E ele se encontra nessa mesma peça; trata-se do último discurso de Ájax. E aqui obviamente a ausência de interação verbal é facilmente compreensível; não *há* ninguém mais com ele, nem mesmo o coro. Ájax está só no palco.

As linhas de abertura do grande discurso sobre o tempo dão a impressão de que Ájax está falando consigo mesmo, exatamente como faz mais tarde quando *está* sozinho. E essa impressão é mantida. Ao longo das 39 linhas, não há nenhuma indicação de que ele esteja falando com alguém mais, nenhuma fórmula vocativa, nenhum verbo na segunda pessoa. A única referência a outra pessoa no palco, a Tecmessa, é uma referência que deixa perfeitamente claro que em todo caso ele não está falando com *ela* — "ao lado desta mulher", ele diz, *pròs têsde tês gynaikós*. "Eu me apiedo dela", ele prossegue, *oiktíro dé nin*[62] — como se ela nem sequer esti-

---

[62] Cf. v. 652, pp. 74-5: "quando a ouço (...) dói". (N. da T.)

vesse ali. Finalmente ele chega ao término de suas reflexões. Sua decisão está tomada. E agora ele se dirige aos outros, e as palavras que utiliza soam como uma fórmula de transição de uma reflexão privada para uma comunicação direta. *All'amphì mèn toútoisin eû skhései*: "Tudo irá bem no que concerne a isso".⁶³ E então, *sù dè*, "Tu"⁶⁴ — por fim, ele fala a Tecmessa.

Esse discurso, portanto, não pode ser um *Trugrede*; a primeira parte dele é um *selbstgespräch*, um solilóquio. Ájax está concebendo seu próprio plano de ação com a mesma postura ferozmente autocentrada que já havíamos visto na cena anterior, na qual ele verteu seus lamentos e imprecações sem se deixar afetar e mal escutando as perguntas e conselhos do coro.⁶⁵ Aqui, nas primeiras 39 linhas do discurso, ele está indiferente à presença alheia; preso no cárcere de suas próprias paixões, ele trava sua luta com os novos sentimentos e a nova visão de mundo que lhe sobreveio desde que tomou a decisão de morrer. Apenas quando ele enfim vislumbra a natureza do mundo e o melhor curso de ação para si é que reconhece a presença dos outros, e lhes dirige suas ordens. Nessas linhas finais do discurso não há ambiguidade; suas palavras apresentam claramente seus desejos finais e seu testamento, uma transferência de responsabilidade. "Dizei a Teucro, se ele vier, que cuide de mim, e de vós..."⁶⁶ O que

---

⁶³ Cf. vv. 684-5, pp. 76-7. (N. da T.)

⁶⁴ Ibidem: "Tecmessa". (N. da T.)

⁶⁵ Cf. vv. 372-6, 379-82, 387-91, 393-409 e 412-27. Ele próprio diz, no verso 591, *toîs akoúousin lége* ("Divulga [esta fala] a quem quiser ouvir", pp. 68-9), e, mais adiante, Menelau diz sobre ele nos versos 1069-70, *où gàr ésth'hópou/ lógon akoûsai zôn pot'ethéles'emôn* ("Não conta tua vontade; é o que faremos./ Ao que eu falava nunca deu ouvidos", pp. 112-3). (N. do A.)

⁶⁶ Cf. vv. 688-9, pp. 76-7: "cuide de mim, tão logo volte, Teucro./ A vós deve estender o seu apuro". (N. da T.)

mais isso pode querer dizer além de "que ele cuide de meu corpo e assuma as minhas responsabilidades"? Nunca em sua vida Ájax pedira a alguém que cuidasse de si; como Teucro não se cansa de repetir mais adiante na peça, era ele quem resgatava os outros. A franqueza brutal dessas linhas finais elimina em definitivo qualquer possível intenção de enganar presente na primeira parte do discurso; quando ele se volta para Tecmessa e o coro para proferir suas ordens, ele fala com toda a clareza. Se eles se sentem enganados porque entenderam mal o solilóquio angustiado por meio do qual ele chegou à sua decisão, eles não têm ninguém a culpar a não ser a si mesmos. Embora depois Tecmessa se queixe com escusável amargor por ter sido "enganada", o coro não culpa Ájax, mas a si próprio. "Eu, surdo a tudo e a tudo alheio": *egò d'ho pánta kophós, ho pánt'áidris katemélesa.*[67]

A maior parte do grande discurso de Ájax não se destina a ninguém, mas a si próprio; como ele é uma personagem numa peça, isso significa que seu discurso se destina exclusivamente a nós, a audiência. Ele não está tentando enganar, mas entender, entender a natureza do mundo que outrora parecia ser (e era) tão simples, mas no qual ele agora se perdeu; entender qual é seu lugar nesse complexo mundo recém-descoberto, e decidir qual deve ser seu próximo passo. Ájax, segundo nos conta o poeta Píndaro, que amava e admirava sua memória, era um homem "pouco eloquente, mas de coração robusto".[68] Nesse discurso, o homem cujas mãos sempre falaram por si encontra uma língua, e esta calha de ser a língua de um grande poeta. As linhas nas quais ele reavalia o mundo e o tempo e o seu lugar neles são o primeiro facho de luz a irromper na escuridão de violência e derrota que a peça nos havia imposto até então; sob essa luz, pode-

---

[67] Cf. vv. 911-2, pp. 96-7. (N. da T.)
[68] *Nemeia* 8, 24: ἄγλωσσον μέν, ἦτορ δ'ἄλκιμον. (N. do A.)

mos vislumbrar a dimensão real do que passou, e os feitos maiores ainda por vir.

O discurso começa abruptamente, com uma descrição da ação do tempo. "O tempo, em sua sucessão de números, revela e encobre o que trazia à luz. Inexiste o imprevisto." Este é um mundo no qual tudo pode acontecer; no curso do tempo, coisas que antes pareciam impossíveis de conquistar encontram seu mestre. "O juramento terrível e o coração duro como aço são vencidos."[69] Esses exemplos não são aleatórios. O juramento feito por Ájax, de ser um leal aliado dos Atridas na batalha para recapturar Helena, um juramento depois mencionado por Teucro, foi quebrado com sua tentativa de assassiná-los.[70] E o seu próprio coração, duro como aço, foi tardiamente abrandado no intervalo desde que o vimos pela última vez, anunciando que era tarde demais para educá-lo segundo novos princípios, ante os apelos de Tecmessa. "Eu me apiedo dela",[71] ele diz, usando as mesmas palavras que Odisseu usara para se referir a ele no prólogo.[72] Ele sente essa nova compaixão minando sua decisão de se matar, e a descoberta de que ele podia se compadecer, ser desviado por um instante que fosse do curso de ação escolhido pela súplica de uma mulher, leva-o a compreender a natureza do mundo mutável, a incerteza em que vive. Mas os termos em que ele expressa essas novas emoções denunciam o fato de que seus instintos mais profundos as rejeitam; as palavras que saem dos seus lábios para descrever essa piedade recém-descoberta revelam que na própria tentativa de formulá-las, ele

---

[69] Cf. vv. 648-9, pp. 74-5: "Não escapa/ a jura mais solene, a mente intrépida". (N. da T.)

[70] A passagem deve se referir ao juramento feito a Tíndaro (pai de Helena). (N. do A.)

[71] Cf. v. 652, ibidem: "quando a ouço (...) dói". (N. da T.)

[72] Cf. v. 121, p. 28: "*epoiktíro dé nin*". (N. da T.)

já as deixou para trás. "Se eu me mantinha duro em meus propósitos, como ferro na têmpera, amoleço [o gume] quando a ouço."[73] Essa metáfora deriva da espada que ele tem nas mãos ao falar, e a palavra que ele utiliza, *ethelýnthen*, literalmente, "torna-se afeminada",[74] é uma palavra que Ájax só pode aplicar a si mesmo com desprezo. Podemos ver, nas palavras que ele utiliza, seu coração endurecer novamente, e a espada recobrar seu fio.

Ele corta essas reflexões perturbadoras com sua decisão de agir. *All'eîmi* — "Agora irei...".[75] Ele partirá para as pradarias à beira-mar, para enterrar no chão a espada de Heitor; que a noite e Hades guardem-na aí embaixo. As palavras que ele usa, como já vimos, estão carregadas com os sons da morte; elas brotam das fontes mais profundas de sua natureza heroica. Mas as linhas que se seguem mostram que, no nível da consciência, ele ainda está deliberando sobre o curso de ação apropriado. Ele expõe a razão por que quer enterrar a espada de Heitor: "Desde que a recebi das mãos de Heitor, presente do meu arqui-inimigo, não me favoreceu um bem argivo".[76] Ele recorda o duelo com Heitor e vê a troca de presentes como o momento de virada na sua carreira, o começo dos seus infortúnios. A espada de Heitor, nas mãos de Ájax, tentou e quase conseguiu matar os Atridas e Odisseu, inimigos de Heitor. Ájax agora repudia o presente de Heitor: "Os presentes de inimigos não são presentes, e não trazem

---

[73] Cf. vv. 650-2, pp. 74-5. A alteração de "língua" para "gume", ambos sentidos possíveis para a palavra grega *stóma*, tem por fim adequar a presente tradução à interpretação fornecida em seguida por Knox. (N. da T.)

[74] A construção original é *ethelýnthen stóma*, "a língua se afemina", cf. v. 651. (N. da T.)

[75] Cf. v. 654, ibidem. (N. da T.)

[76] Cf. vv. 661-3, ibidem. (N. da T.)

nenhum bem".⁷⁷ Ele agora vê suas presentes aflições como causadas pela espada, a qual, dada a ele por um inimigo que se tornou seu amigo, é uma dura recordação da imprevisibilidade das relações humanas, um sinal sinistro das alianças inconstantes e cambiantes pelas quais Ájax se perdeu. A posse da espada de Heitor, a espada do comandante e campeão do exército inimigo, havia marcado Ájax como um homem apartado e solitário entre os aqueus; ela pode ter sido a causa, ele parece intuir, da inveja que fez com que ele perdesse as armas de Aquiles. Enterrá-la é algo que pode ser visto como um sinal da sua disponibilidade para aceitar de volta a autoridade régia. Uma coisa é certa: a espada, e a amizade de Heitor, não lhe trouxe nada além do desastre. "Por isso" (*toigár*), ele prossegue, "doravante eu [seguirei] os deuses, e os Atridas [terão] o meu respeito. São os chefes; é lei obedecê-los."⁷⁸ Porém, uma vez mais ele expressa seus novos sentimentos com palavras ditadas não pela inteligência que o trouxe a essa conclusão, mas pela paixão que os rejeita desde o mais fundo do seu ser. "Seguir os deuses, e reverenciar os filhos de Atreu." Ele deveria ter dito, como observa o escoliasta,⁷⁹ "Seguir os filhos de Atreu, e reverenciar os deuses".

⁷⁷ Cf. v. 665, ibidem: "o dom de um desafeto só desdoura". (N. da T.)

⁷⁸ Cf. vv. 666-8, pp. 74-7. (N. da T.)

⁷⁹ Na esmagadora maioria dos casos em que é usada, a palavra *sébein* ("reverenciar", "venerar", ou, na presente tradução, "ter respeito por") expressa o sentimento religioso em relação a deuses, templos, objetos e instituições religiosas. As únicas passagens comparáveis a este uso de *sébein* para expressar respeito pela autoridade *política* corroboram a violência do seu uso no presente trecho. Por exemplo, em *Antígona* 166: τὰ Λαΐου σέβοντας (...) θρόνων (...) κράτη ("venerando o poder do trono de Laio"). Trata-se de uma frase de Creonte, cujo erro é justamente demandar "reverência" ao poder do Estado em lugar da "reverência" ao direito de um corpo de ser enterrado. Ver, também, *Antígona* 730 e 744 (novamente Creonte). (N. do A.)

Os termos que ele usa estão impregnados com a sua obstinação apaixonada, e fazem com que a aceitação da autoridade pareça mais difícil do que realmente é, e isso indica sua resolução cada vez mais sólida de recusar. "Reverenciar os filhos de Atreu" é uma frase hiperbólica que apresenta a submissão em termos que Ájax, mais do que todos os homens, não poderia jamais aceitar, e, no entanto, ela também expressa uma verdade psicológica. Para Ájax, o gesto de submissão mais moderado é tão difícil quanto a rendição mais degradante. E a frase também indica a sua constatação instintiva de uma realidade objetiva. Se ele decidir fazer as pazes com os reis que tentou assassinar em seus leitos, terá de renunciar a todo o orgulho, demonstrar humildade e implorar por misericórdia. Essas palavras expressam simultaneamente a natureza da ação exigida por esse novo humor conciliatório, e a impossibilidade psicológica e objetiva da sua realização. A vontade de se render é suprimida no ato, e através do processo mesmo da sua formulação. "O tempo", como nos diz Ájax, "traz as coisas à luz e as enterra tão logo aparecem."[80]

Os versos magníficos que se seguem, e que enunciam o argumento a favor da retirada, concessão e mudança, tornam-se, com esse prólogo tão significativo, uma descrição do mundo no qual Ájax, agora que ele enfim reconheceu sua natureza, não pode e não irá viver. "O que há de mais temível e obstinado cede às prerrogativas... O inverno que cobre de neve as aleias abre caminho ao verão frutuoso. O disco exausto da noite cede lugar ao dia de cavalos brancos, e a luz flameja. A rajada de ventos temíveis faz serenar o mar queixoso, e o sono todo-poderoso liberta o que havia aprisionado, e não mantém para sempre o que captura."[81] Tal

---

[80] Cf. vv. 646-7, pp. 74-5. Knox apresenta aqui uma variante da sua própria tradução, razão pela qual alteramos o trecho em destaque. (N. da T.)

[81] Cf. vv. 669-77, pp. 76-7: "Nem mesmo o que resiste foge à regra:/

é o mundo sujeito ao tempo. As forças da natureza, que governam o mundo físico, "o que há de mais temível e obstinado", observam a disciplina, recuam, põem-se de lado, para assumir seu lugar no padrão de mudança recorrente que é o tempo. Num mundo assim, Ájax, que é "temível e obstinado" como as forças da natureza, também terá de se curvar e dar passagem. *Hemeîs dè pôs ou gnosómestha sophroneîn;* "Num mundo assim, como eu não seria forçado a aprender a disciplina?"[82] A maioria das traduções e explicações desse verso nos apresentam um Ájax reconciliado (momentânea ou ironicamente) com a necessidade de se render, mas não é isso que essas palavras significam. O futuro do verbo *gignósko*,[83] sempre que aparece em Sófocles, tem um sentido especial (ditado pelo contexto) de "aprender contra a vontade", "aprender às próprias custas", de modo que teríamos aqui: "como eu não seria forçado a aprender" ou "aprender com desgosto", em lugar do influente "Não devemos aprender a discrição?", de Jebb.[84] E *sophroneîn*, "observar a disciplina", é uma palavra dura no contexto da peça, que assim como *gnosómestha* marca um estágio a mais no recrudescimento da determinação de Ájax em repudiar não a espada de Heitor, mas o mundo do tempo e da mudança. Ela é usada ao longo da peça para descrever a atitude própria de um subordinado. O próprio Ájax a usa quando ordena a Tecmessa que o deixe

---

cede. O inverno, com seus passos níveos,/ dá lugar ao verão de belas frutas./ Ao dia alviequino o disco escuro/ da noite põe-se em fuga, e vem a luz./ O furacão furioso dorme onde/ a onda ulula. O sonho onipotente/ retém e solta. Não mantém consigo/ a presa". (N. da T.)

[82] Cf. v. 677, ibidem: "A lucidez é refutável?". (N. da T.)

[83] Cujo sentido primeiro é "conhecer", "compreender", "julgar". (N. da T.)

[84] No original, na tradução de Richard Jebb, tradutor e estudioso de Sófocles, "Must we not learn discretion?". Cf. *The Ajax of Sophocles*, Cambridge, Cambridge University Press, 1893. (N. da T.)

em paz: "Não questione ou examine. É bom manter a disciplina",[85] *sophroneîn kalón* (v. 586). É a palavra que ambos os Atridas utilizam para descrever a atitude que consideram própria dos subordinados. "Sem o medo", diz Menelau, "nenhum exército seria conduzido de maneira disciplinada"[86] (*sophrónos*, v. 1075). Agamêmnon, dizendo a Teucro que, enquanto bárbaro, ele não tem direito a falar, profere essa palavra para recordá-lo do sentido da sua inferioridade[87] (*ou sophonéseis*, v. 1259). E é a palavra que Atena usa ao anunciar que os deuses amam "os que têm autocontrole" (*sóphronas*, v. 132), e odeiam os maus; ela está contrastando a aceitação da tutela divina por parte de Odisseu com a sua rejeição por parte de Ájax. Essas palavras, *gnosómestha* e *sophroneîn*, assim como o uso da palavra *sébein* [venerar, respeitar], revelam que a tentativa de Ájax de formular uma alternativa ao suicídio heroico convencem-no da sua impossibilidade.

Nas linhas que se seguem, com a descrição do que significa o padrão da mudança perpétua na esfera das relações humanas, o coração de Ájax já está endurecido e completamente voltado para a morte; o desprezo sarcástico desses versos é inconfundível. "Pois recentemente compreendi que devemos odiar nosso inimigo apenas na medida que permite o pensamento de que um dia poderemos amá-lo, e devo estar disposto a servir e ajudar um amigo como alguém que não permanecerá para sempre meu amigo."[88] Suas palavras se-

---

[85] Cf. v. 586, pp. 68-9: "Não perguntes; prudência é uma dádiva". (N. da T.)

[86] Cf. vv. 1075-6, pp. 112-3: "nem a tropa seria conduzida/ sem a ação do temor e do respeito". (N. da T.)

[87] Cf. v. 1259, pp. 128-9: "Não pensas?". Ou, seguindo as indicações de Knox: "Não tens disciplina?". (N. da T.)

[88] Cf. vv. 678-82, pp. 76-7: "Agora eu sei que a inimizade pelo/ inimigo não deve ser total,/ podendo ser benquisto um belo dia./ Coloco-me à disposição do amigo,/ sabendo ser fugaz". (N. da T.)

guintes deixam claro que essa perspectiva cínica se aplica aos outros, mas não a si. "A maioria não confia no porto da amizade."[89] Um mundo onde amigos e inimigos mudam de lugar, e o antigo código heroico do "Ferir seus inimigos, ajudar seus amigos" não é um guia seguro, não é um mundo para Ájax. Ele interrompe sua reflexão absorta com uma frase que anuncia o fim da deliberação: "Tudo irá bem, no que concerne a isso".[90] Ele está satisfeito e decidido quanto ao seu curso de ação, e então finalmente se dirige a Tecmessa e ao coro, aos quais não havia dedicado até agora qualquer palavra. É típico de Ájax que quando ele finalmente se dirige a eles, seja para dar ordens. E são claramente as ordens de um homem que está se despedindo e transferindo suas responsabilidades: "Dizei a Teucro, se ele vier, que cuide de mim (...)". Ele agora precisa de Teucro para salvar seu corpo do ultraje, mas a sua reputação, seu grande nome, serão salvos por meio da morte. "Breve sabereis que, infeliz como estou agora, estou salvo." E ele parte vociferando, com a espada de Heitor nas mãos.

Esse grande discurso explora o dilema colocado pela natureza cambiante das relações humanas; o código heroico da amizade e da inimizade mostra-se inútil num mundo onde amigos e inimigos mudam de lugar, um mundo em que nada é permanente. Amizade e inimizade, dia e noite, verão e inverno, sono e vigília, todos se alternam, e nada permanece para sempre — *hos aièn ou menoûnta*.[91] Essa palavra, *aeí*, "sempre", "para sempre", e seu oposto, *oúpote*, "nunca", são usadas, não apenas no discurso de Ájax, mas ao longo de toda a peça, para assinalar o contraste entre o tempo e a eternidade, entre a vida do homem e a imortalidade divina.

---

[89] Cf. vv. 682-3, ibidem. (N. da T.)

[90] Cf. v. 684, ibidem. (N. da T.)

[91] Cf. v. 682, ibidem. (N. da T.)

Aeí, "sempre". Esta é a primeira palavra da peça. "Sempre", diz Atena, "Sempre te vejo à caça de uma ocasião contra os teus inimigos."[92] É verdade que isso é típico de Odisseu, mas nessa ocasião, quando o inimigo é oferecido a ele, louco e arruinado, para o seu deleite, ele muda de maneira súbita e inesperada, e se apieda do inimigo ao invés de escarnecê-lo. A palavra "sempre" é desmentida pela ação de Odisseu. "Inexiste o imprevisto"; ele desafia a expectativa, a nossa e a de Atena, desviando-se daquilo que parecia ser um padrão permanente. Ájax também desmente o mundo. Tecmessa o descreve chorando ao se dar conta de que falhou miseravelmente na sua tentativa de matar seus inimigos. "Gritos como eu nunca antes havia escutado dele (*hàs oúpot' autoû prósthen eisékous' egó*, v. 318) (...) ele costumava dizer que lamentos assim eram sempre a marca de um espírito covarde e depressivo" (*kakoû te kaì barypsýkhou góous/ toioúsd' aeí pot' andrós*, vv. 319-20). "Gentileza", diz Tecmessa a um Ájax inflexível, "*sempre* gera gentileza" (*kháris khárin gár estin he tíktous' aeí*, v. 522) — mas ele não dispensa a ela nenhuma gentileza. Nos lábios de Ájax, a palavra aparece frequentemente; ele está obcecado com a ideia da permanência. "Fica *sempre* a meu lado, minha aliada" (*toiánd' aeí moi sýmmakhon parestánai*, v. 117). Quanto a Odisseu, ele o vê como a "matriz de todo o mal, *sempre*" (*aeì kakôn órganon*, vv. 379-80). Ele usa a palavra duas vezes com um exagero hiperbólico. "Teucro ficará pilhando para sempre?" (*tón eisaeì... khrónon*, vv. 342-3), ele pergunta impaciente, e ordena que seu filho Eurísaques seja levado para casa, para junto de sua mãe idosa, "para ser seu esteio na velhice, para sempre" (*geroboskòs eisaeí*, v. 570). Em todos esses casos, o contexto lança uma luz irônica sobre a palavra; ela é exposta como inapropriada pela realidade. E no grande discurso que nos

---

[92] Cf. vv. 1-2, p. 13: "Registro há muito, herói, a tua sina: armar planos de caça ao inimigo". (N. da T.)

mostra Ájax digladiando-se com o problema da vida do homem no tempo, ele usa a palavra apenas com uma negativa: ele fala do amigo que "não permanecerá sempre assim" (*aièn ou menoûnta*, v. 682), e do sono, que "não mantém para sempre o que captura" (*oud' aeì labòn ékhei*, v. 676).

Para os seres humanos sujeitos ao tempo, a palavra *aeí*, como Ájax se dá conta em seu discurso e como a peça demonstra passagem após passagem, não significa nada. Não há nada na vida humana a que ela possa ser aplicada com propriedade, exceto aos lugares — Salamina é "conspícua a todos sempre" (*pâsin períphantos aieí*, v. 599). Mas, para além da paisagem fixa e imutável, uma permanência a que Ájax acena em seu discurso de despedida, "sempre" é o modo de existência não dos homens, mas dos deuses, *theoì aièn éontes*,[93] e é a eles que a palavra está associada quando ela diz o que quer dizer. O pai de Ájax disse a ele, quando este partiu para Troia: "Busca prevalecer, mas prevalecer sempre com a ajuda do deus" (*sýn theô d' aeì krateîn*, v. 765). Ájax rejeitou com desprezo esse conselho e afirmou que "alcançaria a glória sem a sua ajuda".[94] Mas ele conheceu a derrota. E em seu discurso final ele reconhece a conexão entre "sempre" e os deuses; ele invoca as Erínias para vingá-lo, divindades que são "eternas virgens com eterna vista" (*aeí te parthénous/ aeí th' horósas*, vv. 835-6). E quando mais tarde Teucro tenta explicar o complicado processo por meio do qual Heitor e Ájax pereceram devido aos presentes um do outro, ele diz: "Tantas e todas as coisas maquinam sempre os deuses para os homens" (*Tà pánt' aeì... mekhanân theoús*, vv. 1036-7).

---

[93] "Os deuses eternos", "que são para sempre". *Ilíada*, I, 290. (N. da T.)

[94] Cf. vv. 768-9, pp. 84-5: "Mesmo sem sua ajuda,/ tenho certeza que recolho a glória". (N. da T.)

Somente para os deuses é que as coisas "são para sempre". "Há uma raça dos homens", diz Píndaro em sua famosa ode, "e uma dos deuses. Ambas tiramos alento de uma única mãe. Mas algo nos distingue em nosso poder; uma raça é nada, e para a outra, o brônzeo céu, segura fundação, permanece para sempre" (*asphalès aièn hédos ménei ouranós*).[95] Essa frase de Píndaro, *asphalès aièn hédos*, é uma clara reminiscência de uma famosa passagem da *Odisseia*, uma descrição do Olimpo, a mansão dos deuses. Atena vai ao Olimpo, que, segundo dizem, é a fundação inamovível dos deuses para sempre (*hédos asphalès aieí*, VI, 42). Quanto aos versos seguintes da passagem homérica, é bem possível que Sófocles os tivesse em mente quando escreveu os versos do discurso de Ájax que descrevem a alternância entre as estações. Pois no Olimpo não há estações, nada muda. "Sem que o vento a agite, sem chuvaréu, sem nevasca, o éter se infinita escampo e o brancor perpassa-o rutilando."[96] Não há alternância entre verão e inverno, dia e noite, não há vento. Quando Ájax fala dessas condições, que exemplificam para o homem na terra o imperativo da mudança, ele está enfatizando a diferença entre as condições humana e divina. O homem que se recusa a mudar, a se conformar ao padrão de alternância que comanda as forças da natureza, muito mais temíveis e obstinadas do que ele, não pensa como um homem, *ou kat' ánthropon phronôn*, mas como um deus.

No mundo do tempo e da mudança, o mundo onde os seres humanos agem e padecem, nada é para sempre. Permanência, estabilidade, obstinação — essas são condições e qualidades dos deuses, não dos homens. Para o homem, a palavra *aeí* é uma ilusão; a condição humana é descrita com

---

[95] *Nemeia* 6, 1-4. (N. do A.)

[96] *Odisseia*, VI, 43-5, tradução de Trajano Vieira (São Paulo, Editora 34, 2011, p. 177). (N. da T.)

outras palavras, palavras que definem a natureza flutuante e instável da realidade humana. O verbo *allássein*,[97] por exemplo. A noite traz uma situação diferente daquela do dia (*enéllaktai*, v. 208); "um deus", diz Menelau, "reverteu a situação" (*enéllaksen*, v. 1060), e o mesmo Menelau, vangloriando-se da morte de Ájax, que lhe deu a oportunidade de exercer a violência, resume tudo numa frase poderosa: "tais coisas se alternam, uma após a outra" (*hérpei parallàks taûta*, v. 1087). A peça está cheia de versos gnômicos e antitéticos que seguidamente trazem à tona esse tema: "todos riem e choram, segundo o desígnio do deus"; "muitos são amigos agora e depois, inimigos mortais".[98] E Atena já havia declarado, no prólogo, a maneira como os deuses o entendem: "Um dia basta para pôr abaixo e erguer de novo todo feito humano".[99]

Num tal mundo, as atitudes humanas não permanecem fixas; elas fluem, como água. "A gratidão de quem foi bem-amado flui para longe" (*aporreî*, v. 523), diz Tecmessa a Ájax em tom de acusação, e Teucro censura Agamêmnon em termos semelhantes: "quão rapidamente flui para longe entre os homens a memória da gratidão sentida por um semelhante, que se prova um traidor" (*diarreî*, v. 1267). Não é por acaso que Ájax, em seu discurso final, detém-se insistentemente sobre o fato de que a espada sobre a qual pretende se jogar está "armada" e "fixada". "Ela se ergue firme" (*ésteken*, v. 815), ele diz. "Ela está fixada no solo troiano inimigo" (*pépege*, v. 819). "Fixei-a eu mesmo" (*épeksa*, v. 821). A espada ainda está fixada na terra (*pektón*, v. 907) quando Tecmessa o encontra varado por ela. A repetição dessa pala-

---

[97] "Mudar", "tornar outra coisa", "reverter", "repagar", "dar em troca", "alternar". (N. da T.)

[98] Cf. v. 383, pp. 50-1: "Com deus ao lado, quem não ri ou chora?"; v. 1359, pp. 140-1: "Amigos fiéis por vezes vertem fel". (N. da T.)

[99] Cf. vv. 131-2, pp. 28-9. (N. da T.)

vra (que é o oposto natural de *reîn*, "fluir")[100] define o contexto do suicídio de Ájax. A firme espada inamovível na qual ele se mata é o único ponto fixo num mundo cujos únicos modos de existência são a mudança e o movimento.

O grande discurso de Ájax define o mundo do tempo que é o lugar do homem e ilustra a inviabilidade do código tradicional. Mas ele faz algo mais. Ele discute o sofrimento do homem, sujeito do tempo, não apenas nos termos da sua relação com os deuses e em sua relação privada com outros homens, amigos e inimigos, mas também nos termos da sua relação com a comunidade. O dilema de Ájax ilumina não apenas os aspectos metafísicos e morais da vida do homem na terra, mas também os políticos e sociais.

Ájax nos é apresentado nesta peça como o último dos heróis. A sua morte é a morte do antigo *êthos* individual homérico (e em especial aquiliano), que durante séculos de regime aristocrático havia servido como o ideal dominante da nobreza e da ação do homem, mas que no século V já havia sido desafiado com sucesso e em grande medida superado (apesar de seu desabrochar tardio e magnífico na poesia de Píndaro) por uma perspectiva mais adequada às condições da pólis, uma perspectiva que alcançou sua forma mais desenvolvida na Atenas democrática. Ájax nos é apresentado todo o tempo nos termos dessa moralidade heroica; tal é a função da rica reminiscência homérica que os editores observaram na linguagem da peça. As palavras usadas por Ájax a seu respeito recordam a atmosfera épica da idade heroica, e como muitas dessas palavras são ditas pelos seus inimigos, o que vemos é uma crítica total desse ideal, sua grandeza e também suas limitações.

Ájax é *mégas*, "grande, portentoso". Na primeira cena, seu açoite é grande, assim como as suas palavras; sua força

---

[100] Devido ao seu sentido de "deter-se". (N. do A.)

e coragem são "enormes", e para os marinheiros do coro, ele é um daqueles homens "de alma magnânima"[101] de cuja proteção dependem homens inferiores como eles próprios.[102] Mas a mesma palavra pode ser usada por seus inimigos com uma ênfase distinta; para eles, Ájax é um "enorme corpo" — Agamêmnon o chama de "boi gigantesco".[103] A grande dimensão da sua estatura física e das suas ambições fazem dele um homem à parte, solitário, *mónos*. Esta palavra é aplicada a ele repetidas vezes — na paz, assim como na guerra, ele é um homem solitário.[104] Ele é um homem de feitos, *érga*, não de palavras, e quando chega a falar, ele o faz com uma sensação inexpugnável da própria superioridade; seu discurso é um *kómpos*,[105] uma afirmação ostensiva do seu próprio valor.[106] Sua coragem é descrita com palavras que recordam os guerreiros da *Ilíada*: ele é valoroso, *álkimos*, impetuoso, *thoúrios*, flamejante, *aíthon*, de coração robusto, *eukárdios*, e terrível, *deinós*.[107] Sua coragem e sua audácia, *tólme* e *thrásos*, são exercidas com vistas a um objetivo pessoal, a fama, *kléos* ou *eúkleia*, e ao prêmio da supremacia na batalha, *aristeîa*, do qual ele foi destituído com a entrega das armas de Aquiles a Odisseu.[108] Essas são todas qualidades de um ho-

---

[101] Cf. v. 154, pp. 30-1. (N. da T.)

[102] Cf. vv. 205, 241, 386, 423, 502, 619, 154, 160 etc. (N. do A.)

[103] Cf. vv. 1077 e 1253. (N. do A.)

[104] Para a relação entre Ájax e *mónos*, cf. vv. 29, 47, 294, 467, 1276, 1283. (N. do A.)

[105] O sentido primeiro de *kómpos* é "estampido", "estrondo", assumindo em seguida o sentido metafórico de "ostentação", "vaidade", ou, mais raramente, "elogio". (N. da T.)

[106] Cf. vv. 96, 766 e 770. (N. do A.)

[107] ἄλκιμος (v. 1319), θούριος (v. 1213), αἴθων (vv. 147, 222 e 1088), εὐκάρδιος (v. 364) e δεινός (vv. 205, 312, 366, 650 e 773). (N. do A.)

[108] τόλμη (vv. 46 e 1004), θράσος (v. 46 e 364), κλέος (v. 769), εὔκλεια (vv. 436 e 465) e ἀριστεῖα (v. 464). (N. do A.)

mem que é autossuficiente; ele assume também os defeitos dessas qualidades. Ele não tem nenhum sentido de responsabilidade com nada nem ninguém, exceto com sua própria concepção heroica de si mesmo e com a necessidade de estar à altura da grandiosa reputação de seu pai, que o precede. Ele é um homem de mente inflexível, *stereóphron*, irracional, *aphrónos* ou *aphrontístos*, insensato, *dyslógistos*, inadaptável, *dystrápelos*, e, uma palavra que é aplicada a ele repetidas vezes, *omós*: cruento, selvagem, indomável — a sua natureza é aquela do animal selvagem, figura que assume nas imagens de caça do prólogo.[109]

Tanto suas qualidades quanto seus defeitos o distinguem como alguém inapto ao tipo de sociedade ordenada e coesa na qual a posição do indivíduo baseia-se no consentimento e na cooperação. E isso fica nitidamente claro para nós por meio da presença de Odisseu, que é por natureza mais bem adaptado às condições de vida na pólis, a sociedade ordenada. Tudo que escutamos sobre Odisseu na peça sai dos lábios de seus inimigos, de modo que as palavras que descrevem esse homem mais bem adaptado à sociedade são todas considerações hostis. Mas as palavras do próprio Odisseu, e principalmente as suas ações, mostram-nos o outro lado da moeda. Como no caso de Ájax e do ideal heroico, vemos tanto as qualidades quanto os defeitos do ideal odisseico.

Odisseu está disposto a ser guiado pela deusa. "Em tudo", ele diz a ela, "sou conduzido pela tua mão, assim no passado, como no futuro."[110] Não poderia haver contraste mais claro com a indisciplina de Ájax, segundo a vemos no prólogo e escutamos mais tarde do mensageiro. Ájax resume essa capacidade de Odisseu de ser guiado em uma frase inso-

---

[109] Cf. vv. 926, 766, 355, 40 e 914. Para ὠμός, cf. vv. 205, 548, 885 e 930. (N. do A.)

[110] Cf. vv. 34-5, pp. 14-5: "Como no/ passado, guia agora o meu futuro". (N. da T.)

lente: Odisseu, ele diz, é a "matriz de todo o mal, sempre".[111] O coro vê Odisseu como um homem de palavras; "moldando palavras sussurradas, ele persuade", e suas mentiras são "convincentes".[112] A persuasão é evidentemente o modo de operação normal para o homem numa sociedade ordenada e regida por leis, e na última cena da peça, na qual Odisseu persuade Agamêmnon a permitir o enterro do corpo de Ájax, vemos essa "persuasão" sob uma luz distinta e mais positiva. Para Ájax, Odisseu é um homem "capaz de qualquer coisa",[113] um homem que "muito suporta", *polýtlas*[114] (uma frase recorrente, usada por seus amigos a respeito de Ájax, diz que ele "não teria suportado", *ouk àn étle*).[115] Porém, também sobre esse ponto, na última cena da peça vemos o outro lado dessa tolerância; Odisseu de fato fará "qualquer coisa" — ele chegará ao ponto de apiedar-se de seu inimigo em apuros, merecendo a censura desdenhosa de Agamêmnon por lutar pelo direito do inimigo a um enterro honroso. Mas é de se esperar que Ájax enxergue todas essas qualidades de Odisseu como defeitos, pois ele despreza e rejeita as condições da sociedade humana para a qual elas são as virtudes mais altas.

Ájax, como antes dele Aquiles,[116] é ele próprio a sua lei; seu ideal é o ideal homérico: "Ser sempre o melhor, e superior aos outros". As virtudes exigidas de um homem numa sociedade de iguais — tolerância, adaptabilidade, persuasão

---

[111] Cf. v. 380, pp. 50-1. (N. da T.)

[112] Cf. vv. 148-51, pp. 30-1: "sussurrou no ouvido/ histórias (...). Obtém sucesso (...) arma discursos convincentes". (N. da T.)

[113] Cf. v. 445, pp. 56-7: "matreiro". (N. da T.)

[114] Cf. v. 956, pp. 102-3: "audaz". (N. da T.)

[115] P. ex., v. 411, p. 52. (N. da T.)

[116] Aquiles, na *Ilíada*, I, teria matado Agamêmnon se Atena não interviesse; e ela teve de prometer a ele uma recompensa tripla. (N. do A.)

— não têm lugar na sua configuração. De fato, a situação em que ele se encontra no início da peça é resultado de sua rebeldia em relação à comunidade; ele reagiu com violência contra a decisão dos juízes que concederam o prêmio por bravura, as armas de Aquiles, não a ele, mas ao seu inimigo, Odisseu. Sófocles não dá detalhes sobre a natureza do tribunal que realizou a premiação, mas ele o descreve em termos que o associam claramente ao tribunal de justiça conhecido pela audiência ateniense do século V: as palavras *dikastaîs* (v. 1136), *psephízein* (v. 449) e *kritaîs* (v. 1243) não aparecem em nenhuma outra peça sofocliana, e são todas palavras que evocam a atmosfera do tribunal ateniense da época.

Mas Ájax não reconhece essa autoridade comunal. Ele sempre vê as coisas em termos individuais; para ele, a premiação de Odisseu com as armas de Aquiles é obra dos Atridas, que as "compraram" (*épraksan*, v. 446) para o homem "capaz de qualquer coisa". Se ele tivesse feito as coisas a seu modo, diz, eles não teriam vivido para "votar tal sentença contra nenhum outro homem".[117] Se Aquiles tivesse sobrevivido para outorgar sua armadura (novamente ele vê a situação em termos exclusivamente personalistas), não teria havido dúvida; "ninguém mais a teria arrebatado (*émarpsen*, v. 444) além de mim"[118] — a palavra revela a sua violência natural e a sua completa incapacidade para compreender o significado do conceito de decisão comum.

E, no entanto, ele está absolutamente certo no que diz. Aquiles teria de fato reconhecido um espírito afim. Mais do

---

[117] Cf. vv. 448-9, pp. 56-7: *díken* (...) *epséphisan* ("nunca/ ergueriam seus votos contra alguém"). Essa frase mostra que, na cabeça de Ájax, os Atridas votaram, ao passo que, a partir do que Menelau diz depois, vemos que os reis não fizeram parte da banca de juízes (v. 1136, pp. 120-1: "Se houve falha, foi culpa dos juízes [e não minha]"). (N. do A.)

[118] Cf. v. 444, pp. 54-5: "em ninguém mais recairia a escolha". (N. da T.)

que isso, ele teria admitido a verdade de que Ájax era o maior dos guerreiros aqueus depois dele próprio, uma verdade que o próprio Odisseu enuncia ao fim da peça, admitindo, portanto, que o tribunal que o premiou com as armas tomou uma decisão equivocada. Não é por acaso que Ájax, na tradição do século V, torna-se o paradigma do simples homem heroico preso nas malhas de um processo legal; ele aparece nesse contexto não apenas em Píndaro,[119] como também na *Apologia de Sócrates* de Platão, onde é descrito, junto com Palamedes, como "um dos homens do passado que enfrentaram a morte por um julgamento injusto".[120]

Mas essa decisão era esperada. A indicação de um tribunal para a premiação das armas de Aquiles é um evento mítico que marca o fim da idade heroica, uma era dominada por Aquiles enquanto ele viveu, era de um heroísmo ferozmente independente, indisciplinado e individual. Os prêmios que a vida tem a oferecer não serão mais disputados e arrebatados pelo mais forte, cuja autoridade corresponde ao seu poderio, mas serão atribuídos pela comunidade. E uma vez que a decisão é retirada das mãos do indivíduo e confiada a um corpo representativo, é inevitável que o homem mais apto a brilhar nos tribunais e assembleias, a persuadir, a se curvar no momento certo, a controlar seus sentimentos, a intrigar, a "fazer qualquer coisa", triunfe sobre o homem cuja vida se resume a impor sua vontade sobre os seus semelhantes e sobre as circunstâncias, por meio da força bruta de sua natureza heroica.

Esse contexto político e social do dilema de Ájax é o que está por trás de uma importante seção do seu grande discurso. Sua visão do mundo como um grande padrão de mudança e concessão, exemplificada pela sucessão disciplinada das

---

[119] *Nemeia* 8, 27. (N. do A.)
[120] *Apologia de Sócrates* 41b. (N. do A.)

estações, começa e retorna ao fenômeno das alternâncias nas relações entre homens. E como seria de se esperar de um dramaturgo ateniense que escreve no século V a.C., essas relações são descritas em termos que recordam o procedimento democrático ateniense. Essa parte do discurso de Ájax está repleta de palavras que carregam um significado contemporâneo para sua audiência. Os Atridas, diz Ájax (v. 668 em diante), são soberanos, assim, é preciso render-se a eles: *árkhontés eisin ósth' hypeiktéon*. Esse uso do particípio *árkhontes*[121] como substantivo ocorre nesta única passagem em Sófocles, sendo, é claro, o termo usual para referir os magistrados atenienses. Os versos que se seguem, com sua descrição da sucessão ordenada das estações, do dia e da noite, reforçam esse ponto, pois os arcontes não ocupavam permanentemente esse cargo, mas se curvavam anualmente diante de seus sucessores. Essa comparação implícita explica a ocorrência da inesperada palavra *timaîs* no verso 670 — uma palavra que pode significar "dignidades", "prerrogativas" ou "mandato". As forças mais temíveis e obstinadas se curvam à autoridade, ao mandato. Alguns versos depois, "o disco exausto da noite *renuncia* em favor do dia de cavalos brancos", pois *eksístatai* é uma palavra usada frequentemente para referir o afastamento ou renúncia num contexto político.

A nova visão de Ájax sobre a mudança no mundo natural é expressa em termos que apontam para a operação da mudança e da alternância na sociedade humana; esses termos preparam nossa mente para o que vem em seguida — sua rejeição brutal de semelhante fenômeno nas relações humanas. "Devemos odiar nosso inimigo como alguém que amaremos um dia, e devemos estar dispostos a servir e a ajudar um amigo como alguém que não permanecerá nosso amigo para

---

[121] "Governantes", particípio de *árkho* (ἄρχω), "governar", "comandar", "liderar", e em outro sentido, "principiar", "ser o primeiro". (N. da T.)

sempre." É notório que nos estados democráticos os homens mudavam de lado (e com eles, seus amigos e inimigos) rápida e levianamente; mais adiante na peça, Agamêmnon descreve essa adaptabilidade, encarnada por Odisseu, com a palavra *émplektos*, "móvel", "caprichoso" — a mesma palavra que Tucídides usa para caracterizar a veloz alternância das alianças nos conflitos sangrentos sucedidos na Córcira.[122] A audiência que escutou essas palavras ditas por Ájax não tinha dúvidas sobre qual era sua postura frente a essa mobilidade, pois ele estava ecoando uma sentença de Bias de Priene, que todos conheciam: "Ama pensando que um dia irás odiar. Pois a maioria das pessoas é má".[123] Ájax conclui a citação, deixando claro que essa perspectiva cínica não é para ele. Mas Sófocles, por meio de uma mudança aparentemente insignificante na formulação do antigo provérbio, torna-o contemporâneo ao afirmar: "Pois, para a maioria, o porto da amizade não é digno de confiança".[124] "Para a maioria", *toîs polloîsi* — esta expressão, que não aparece em nenhuma outra passagem de Sófocles, é um clichê do jargão democrático ateniense, e coloca a insolente recusa de Ájax de viver como os outros homens nos termos da sociedade do tempo e espaço próprios de Sófocles.

De fato, Ájax não estava preparado para essa nova era, com suas instituições que impõem a rotatividade e a alternância do poder, que reconhecem e encorajam a mudança. "Inadaptável" (*dystrápelos*) é como o coro se refere a ele mais adiante na peça (v. 914). Trata-se de uma palavra significativa (e cuja única ocorrência dentro de todo o conjunto

---

[122] Cf. Tucídides 3, 82, 4. (N. do A.)

[123] Cf. Diógenes Laércio 1, 5, 87: φιλεῖν ὡς μισήσοντας· τοὺς γὰρ πλείστους εἶναι κακούς. (N. do A.)

[124] Cf. vv. 682-3, pp. 76-7: "A maioria não confia no porto da amizade". (N. da T.)

das tragédias gregas é essa), pois ela é oposta à palavra usada por Péricles na Oração Fúnebre tucididiana para descrever uma das qualidades-chave do ideal democrático ateniense — *eutrápelos*, "adaptável", "versátil".

Ájax pertence a um mundo que, para Sófocles e seu público, já desaparecera — um mundo aristocrático, heroico e em parte mítico, que tinha suas limitações mas também sua grandeza, um mundo em que o pai era igual ao filho e onde nada mudava, onde as grandes amizades, assim como os grandes ressentimentos, duravam para sempre.

Mas no mundo tal como Ájax veio finalmente a conhecê-lo, nada permanece para sempre (*hos aièn ou menoûnta*). O homem mais bem preparado para viver nesse mundo é obviamente Odisseu. Quando Ájax profere sua declaração insolente sobre como deveriam viver os *polloí*,[125] num equilíbrio bem calculado entre amor e ódio, ele está pensando acima de tudo em Odisseu. E o Odisseu da peça usa exatamente a linguagem que Ájax rejeita com um sarcasmo brutal. "Muitos são amigos agora e depois, inimigos mortais",[126] diz Odisseu a Agamêmnon. "Estou pronto", ele diz a Teucro, "para ser tão amigo agora quanto antes fui inimigo."[127] Agamêmnon o chama de "inconstante" (*émplektoi*, v. 1358) e reprova sua atitude como sendo egoísta (v. 1366). Porém, nessas circunstâncias, a atitude de Odisseu é nobre. Sua mudança de lado, sua renúncia ao ódio contra o inimigo morto, são magnânimas, e lançam uma luz reveladora sobre o ódio triunfante dos Atridas, que se aferram à antiga moralidade até seu extremo lógico e atroz — a exposição do corpo do inimigo. É verdade que Odisseu explica sua nova atitude em

---

[125] "Os muitos", "a maioria". (N. da T.)

[126] Cf. v. 1359, pp. 140-1. (N. do A.)

[127] Cf. v. 1377, pp. 142-3: "Quero contar a Teucro que em lugar/ da inimizade trago o meu apreço". (N. do A.)

termos exclusivamente de seu próprio interesse. "Eu me apiedo (...) considerando meu próprio caso tanto quanto o dele", ele diz a Atena. E à pergunta indignada de Agamêmnon, "Me aconselhas deixar que enterre o morto?", ele responde, "Sim. Eu mesmo chegarei um dia a isso". "Cada qual olha por si", diz amargamente Agamêmnon, e a resposta de Odisseu é: "Por quem mais devo olhar senão por mim?".[128] Odisseu não tenta, como os Atridas, mascarar sua motivação como um princípio moral ou político; ele está pensando em si mesmo, e diz isso. Mas o seu é um egoísmo iluminado. Ele surge da visão e da aceitação da condição trágica do homem, seu aprisionamento ao tempo e às circunstâncias. "Nada sabemos com clareza, estamos à deriva."[129] "Os que vivemos somos imagens, ou sombras ligeiras."[130] Esses versos são a verdadeira base da atitude de Odisseu. A ruína de um inimigo, longe de ser motivo de alegria, é mais uma derrota humana, um presságio da sua própria e inevitável decadência. O reconhecimento do tempo impõe uma tolerância e um comedimento que são a disposição dessa nova era, e da democracia ateniense no que ela tem de melhor. O indivíduo não pode mais refulgir como Aquiles, uma estrela mais brilhante que todas as outras, mas deve assumir seu lugar numa comunidade, respeitar "propriedade, graus e postos, hábito e ofício em modelar sequência",[131] adaptar-se, aprender a disciplina e a persuasão, aceitar o jugo do tempo e da mudança.

[128] Cf. vv. 1364-7, pp. 140-1. (N. da T.)

[129] Cf. v. 23, p. 15: "tateamos tudo sem ter nada certo". (N. da T.)

[130] Cf. vv. 125-6, p. 29: "Resumo nossa condição humana:/ volúvel sombra, espectros tão somente". (N. da T.)

[131] Estas palavras são ditas por Ulisses (Odisseu) em *Troilo e Cressida*, ato I, cena III, de William Shakespeare. Ulisses descreve a hierarquia dos astros nos céus, que, segundo ele, deveria ser imitada pelos homens. Cf. William Shakespeare, *Troilo e Cressida*, tradução de Carlos Alberto Nunes, São Paulo, Peixoto Neto, 2017. (N. da T.)

Menelau e Agamêmnon, como Ájax, se aferram à antiga moral. Eles fazem, como Atena, aquilo que Odisseu se recusa a fazer: eles exultam com a queda de Ájax. Escarnecem do seu corpo, estão prontos para pisoteá-lo, e querem impedir seu enterro. Eles tiram total proveito das circunstâncias que os fizeram triunfar sobre Ájax. "Incapazes de controlá-lo em vida", diz Menelau desavergonhadamente, "dominaremos sobre ele morto."[132] Eles aceitam a antiga moral, na hora de seu triunfo, em sua totalidade. Mas sua atitude não nasce de uma obsessão com a permanência, como aquela que fez de Ájax refém. Eles falam e agem não nos termos de uma constância heroica, do "sempre", mas nos termos do grande discurso de investigação e recusa de Ájax; como Odisseu, eles reconhecem e aceitam o mundo do tempo e da mudança. Mas são incapazes do sentido trágico que o mundo exige. Menelau, como Odisseu, consegue se ver no lugar de seu inimigo. "Se um dos deuses não tivesse impedido o atentado, seríamos *nós* a jazer aí mortos, desgraçados",[133] ele diz sobre o corpo de Ájax. E Menelau compreende ainda mais. "Essas coisas se dão por alternância", ele diz. "Antes, *ele* ardia com orgulho desmedido, agora sou *eu* a ter grandes pensamentos."[134] Porém, a partir dessa visão da vingança do tempo, ele não chega à mesma conclusão que Odisseu. "Tu estás proibido de enterrar esse corpo", ele prossegue.

E Agamêmnon demonstra a mesma insensibilidade. "Tu me insultas duramente", ele diz a Teucro, "em defesa de um homem que jaz morto, que agora é mera sombra."[135] Essa

---

[132] Cf. vv. 1067-8, pp. 112-3. (N. da T.)

[133] Cf. vv. 1057-8, pp. 112-3: "Se um deus não apagasse aquele plano,/ teríamos o fim de que foi vítima". (N. da T.)

[134] Cf. vv. 1087-8, pp. 114-5: "Houve alternância: a truculência de Ájax/ ardia; hoje dominam meus desígnios". (N. da T.)

[135] Cf. vv. 1257-8, pp. 128-9: "O herói não vive mais, é apenas sombra,/ e em tua audácia, agrides, sendo escravo". (N. da T.)

última palavra nos remete à descrição dos seres humanos feita por Odisseu — "imagens, ou sombras ligeiras". As palavras de Agamêmnon expõem seu fracasso em compreender a atitude adequada à aceitação da mudança e do fluxo do mundo.

Os dois reis gozam em seu triunfo de forma terrível e brutal, em nome da velha moral. A ignomínia de sua atitude é enfatizada pela humildade trágica de Odisseu, que abandona o código tradicional no momento da vitória e da exultação, e ainda mais pela rebelde obstinação de Ájax, que reafirma sua validez no momento da derrota.

Odisseu e os Atridas, por suas distintas reações, reconhecem e aceitam o quinhão do homem no tempo. Ájax o reconhece, e na realidade é o único a defini-lo em seu famoso discurso, mas não é capaz de aceitá-lo. Ele exige a eternidade, a permanência, o absoluto, e se o mundo lhe nega aquilo que pede, ele irá deixá-lo. Seu filho, depois dele, está fadado a ser como o pai: "Ergue-o. (...) ao ver o sangue da carnificina, não perderá o prumo. Como a um potro, o adestre meu comportamento duro, seja idêntica à minha a sua natura. Que o meu azar não siga o teu destino; [em todo o resto, sê igual ao pai]".[136] Ele está falando em termos de *aeí*, "para sempre". Seu filho herdará sua personalidade. Do mesmo modo, Teucro, após a morte de Ájax, torna-se tão intransigente e indomável quanto seu irmão mais velho.

Depois do grande discurso de Ájax, o coro conclui precipitadamente que ele se reconciliou com o mundo da mudança que descreve com tanta eloquência. Eles repetem suas palavras. "Todas as coisas o tempo extingue e queima. Eu diria que nada é impossível agora que, contra toda expectativa, Ájax mudou de ideia."[137] Mas nós sabemos que Ájax

---

[136] Cf. vv. 545-51, pp. 64-5. (N. da T.)

[137] Cf. vv. 713-6, pp. 78-9: "O tempo logra tudo,/ parece inexistir

trilhou o percurso do conhecimento do mundo temporal apenas para rejeitá-lo. E nós o vemos pela última vez diante da espada de seu amigo-inimigo Heitor, cuja empunhadura está enterrada no chão; ele profere seu último discurso não para os homens, mas para os seres e entes eternos.

Ele pede a Zeus que traga Teucro para defender seu corpo, a Hermes que o faça dormir tranquilamente, e às Erínias, eternas donzelas, eternas videntes, que seja feita a vingança — vingança contra os filhos de Atreu e contra todo o exército aqueu. À medida que diminui a confiança de Odisseu, tornando-se ele incapaz de contemplar o sofrimento até mesmo do seu pior inimigo sem se apiedar, alarga-se a confiança de Ájax, e ele inclui em sua oração por vingança todos aqueles que, ao contrário dele, aceitam o parco mundo do tempo. Ele ficará absolutamente só. Suas últimas palavras, a saudação ao sol e o adeus às paragens natais e de Troia, são as palavras de um homem que já se encontra além do tempo. "Dirijo-me a ti pela última vez, depois nunca mais."[138] "Nunca" é uma afirmação tão absoluta quanto "sempre": ele já a havia utilizado de maneira prepotente ao se dirigir à deusa,[139] mas agora ele não será contrariado pelas circunstâncias, desmentido pelo tempo. Depende dele, e somente dele, tornar essa sentença verdadeira, e é o que ele fará em alguns instantes, por meio de um salto veloz e preciso.[140] Ele abandona o homem e o tempo; suas palavras finais são dirigidas aos entes

---

o nunca:/ contra o previsto, Ájax/ não mais se reconhece em seu afã". O texto grego utilizado por Knox é diferente do texto da presente edição. O autor admite, no verso 714, a passagem τε καὶ φλέγει ("e queima"). (N. da T.)

[138] Cf. vv. 857-8, pp. 90-1: "eu te dirijo/ o meu adeus, pois não há mais futuro". (N. da T.)

[139] Cf. v. 775, pp. 84-5. A palavra em questão é *oúpote*, aqui traduzida por "nada". (N. da T.)

[140] Cf. v. 833, pp. 90-1. (N. do A.)

eternos, imutáveis, fora do tempo. "Solo sacro de minha Salamina, claridade, lareira da família, companheiros de infância, ilustre Atenas, fontes vizinhas, rios, plainos de Troia, me despeço de vosso apuro: adeus. Ájax profere a última palavra. As outras eu reservo aos de baixo, [no Hades]."[141] Ele está indo, como ele próprio disse, para onde deve ir. "O sono todo-poderoso", ele dissera em seu grande discurso, "liberta o que havia aprisionado, e não mantém para sempre o que captura."[142] Mas o Hades não liberta aqueles que aprisiona; a morte os guarda para sempre. Na morte, Ájax adentra o reino do "sempre". Sua tumba, conforme o coro proclama profeticamente enquanto a disputa pelo enterro de seu corpo ainda se desenrola, será "recordada para sempre" (*aeímnestos*, v. 1166).

A natureza da vida do homem no tempo, sua instabilidade, é reconhecida por todas as três partes, Ájax, Odisseu e os Atridas. O único código de conduta apropriado a tal visão da condição humana é o de Odisseu, uma humildade tolerante e trágica. Ájax, que defende arraigadamente o velho código com sua prerrogativa de permanência, renuncia à vida. Mas os Atridas, plenamente conscientes da instabilidade de todas as coisas humanas, seguem o antigo código e desfrutam cegamente do seu momento de triunfo. Eles condenam a si próprios com as palavras saídas de suas bocas. Seus apelos interesseiros à ordem, à disciplina e às razões de Estado não são capazes de mascarar a ignomínia de sua atitude, que é denunciada, por um lado, pela aceitação trágica de Odisseu, e, por outro, pela afronta trágica de Ájax.

A afronta de Ájax ao tempo e ao imperativo da mudança consiste não em seu suicídio (que de todo modo era a sua

---

[141] Cf. vv. 859-65, pp. 90-3. (N. da T.)

[142] Cf. vv. 675-7, pp. 76-7: "O sonho onipotente/ retém e solta. Não mantém consigo/ a presa". (N. da T.)

única maneira de escapar a uma morte aviltante), mas em sua derradeira confirmação do ódio, sua reivindicação apaixonada do antigo código heroico. O problema de Ájax não é se ele deve viver ou morrer, pois ele está fadado a morrer, mas com que disposição morrer. Ele morre da mesma maneira como viveu, odiando seus inimigos. Ele não sabe, e somos levados a crer que ele não gostaria de saber, que seu inimigo mais detestado, Odisseu, defenderá sua causa diante dos Atridas. Ele teria preferido morrer a reconhecer Odisseu como um amigo. Ele morre para perpetuar seu ódio. Seu último discurso, belo, feroz e vingativo, é uma tentativa de deter, ao menos para um único homem, o vaivém das relações humanas; ele pode ficar absolutamente só, mas ao menos odiará seus inimigos para sempre.

Seu irmão Teucro o entende. É por isso que ele não deixa Odisseu participar do funeral de Ájax. Ájax se matou para desafiar um mundo no qual talvez um dia ele precisasse ajudar ou sentir gratidão por Odisseu. "Eu hesito, filho de Laerte, em te deixar tocar na sepultura, pois isso desagradaria o morto."[143] Teucro está certo, é claro. Ájax odeia Odisseu mais que a qualquer outro homem. E essas palavras de Teucro nos recordam, como devem ter recordado e tinham certamente por intenção recordar a audiência ateniense, do relato do próprio Odisseu, em Homero, de seu encontro com a sombra de Ájax no submundo: "A ânima de Ájax Telamônio só ficava ao longe (...). 'Ó Ájax, filho do magno Telamôn, nem mesmo morto olvidas o rancor? (...) Avança, herói, para escutar o meu raconto, refreia a ânima animosa e tua cólera!' Falei e, silencioso, o Telamônio torna ao Érebo, entre as outras almas cadavéricas".[144] *Oíe* (...) *nósphin*

---

[143] Cf. vv. 1393-5, pp. 144-5. (N. da T.)

[144] *Odisseia*, XI, 553-64, tradução de Trajano Vieira (São Paulo, Editora 34, 2011, pp. 349 e 351). (N. da T.)

apheistékei kekholoméne, sozinho, apartado, raivoso. Tal é a permanência que Ájax escolheu. Será uma eternidade de ódio e solidão, mas tal é a permanência pela qual ele ansiava — odiar para sempre, não perdoar jamais. Seu anseio pelo absoluto, pelo permanente, é cumprido nessa existência eterna de ódio pelo seu inimigo, orgulhoso, em silêncio, solitário, mas livre, liberto do padrão instável da mudança incessante, livre do tempo.

Sobre o tradutor

Trajano Vieira é doutor em Literatura Grega pela Universidade de São Paulo (1993), bolsista da Fundação Guggenheim (2001), com estágio pós-doutoral na Universidade de Chicago (2006) e na École des Hautes Études en Sciences Sociales de Paris (2009-2010), e desde 1989 professor de Língua e Literatura Grega no Instituto de Estudos da Linguagem da Universidade Estadual de Campinas (IEL/Unicamp), onde obteve o título de livre-docente em 2008. Tem orientado trabalhos em diversas áreas dos estudos clássicos, voltados sobretudo para a tradução de textos fundamentais da cultura helênica.

Além de ter colaborado, como organizador, na tradução realizada por Haroldo de Campos da *Ilíada* de Homero (2002), tem se dedicado a verter poeticamente tragédias do repertório grego, como *Prometeu prisioneiro* de Ésquilo e *Ájax* de Sófocles (reunidas, com a *Antígone* de Sófocles traduzida por Guilherme de Almeida, no volume *Três tragédias gregas*, 1997); *As Bacantes* (2003), *Medeia* (2010), *Héracles* (2014), *Hipólito* (2015), *Helena* (2019) e *As Troianas* (2021), de Eurípides; *Édipo Rei* (2001), *Édipo em Colono* (2005), *Filoctetes* (2009), *Antígone* (2009) e *As Traquínias* (2014), de Sófocles; *Agamêmnon* (2007), *Os Persas* (2013) e *Sete contra Tebas* (2018), de Ésquilo, além da *Electra* de Sófocles e a de Eurípides reunidas em um único volume (2009). É também o tradutor de *Xenofanias: releitura de Xenófanes* (2006), *Konstantinos Kaváfis: 60 poemas* (2007), das comédias *Lisístrata*, *Tesmoforiantes* (2011) e *As Rãs* (2014) de Aristófanes, da *Ilíada* (2020) e *Odisseia* (2011) de Homero, da coletânea *Lírica grega, hoje* (2017) e do poema *Alexandra*, de Lícofron (2017). Suas versões do *Agamêmnon* e da *Odisseia* receberam o Prêmio Jabuti de Tradução.

Este livro foi composto em Sabon e Cardo pela Franciosi & Malta, com CTP e impressão da Edições Loyola em papel Pólen Natural 80 g/m² da Cia. Suzano de Papel e Celulose para a Editora 34, em outubro de 2022.